Stephen King

史蒂芬金選

飄浮

Stephen King

史蒂芬·金

ELEVATION

楊沐希 譯

《飄浮》：一本史蒂芬的小說，一則獻給娜歐蜜的故事

【城堡岩小鎮家族創立人】劉韋廷

《飄浮》對於史蒂芬·金的書迷而言，可說是本相當有趣的作品，雖然在題材與角色塑造方面具有濃厚金氏風格，但就整體來看，卻又比過往顯得更溫和及正面，就像一則披上了奇幻色彩的寓言，令人聯想到一些對人性始終抱持希望的經典文學著作。

乍看之下，《飄浮》這則描述主角體重在明顯不符合自然法則的情況下日益流失的故事，會讓人聯想到金以筆名理查·巴克曼發表的恐怖小說《銷形蝕骸》（Thinner，一九八四），但從他在《飄浮》的獻辭中，將本書獻給《我是傳奇》的作者理察・麥特森的舉動，便能讓我們發現本書其實更接近主角每天都會等量縮小一點的麥特森科幻小說《縮小人》（The Shrinking Man，一九五六），兩者透過了類似的創意，對於不同的社會問題有所反映，因此就連《縮小人》的主角姓名，也被金直接拿來沿用在《飄浮》主角身上，以此作為更進一步的致意。

而原本便擅長將各種社會問題放到類型小說裡討論的金，這回則以他筆下最知名的虛構城鎮「城堡岩」作為背景，藉由歧視同性戀的保守小鎮文化作為川普執政時期的風氣縮影，在《飄浮》中花費大量篇幅，描述了主角與一對經營餐廳的已婚女同志之間的友情建立過程，以及她們所遭遇的排擠問題。

值得注意的是，雖說《飄浮》具有這樣的社會主題，但就故事情節而言，

金的下手力道卻明顯放輕許多，跟過往一些像是《魔女嘉莉》或《穹頂之下》等較為沉重、嚴厲的控訴相比，這回則以更加溫柔，甚至越到後面越顯光明，具有明確鼓舞之意的方式加以呈現，因而也讓人感受到了《飄浮》的獨特之處。

從這點來看，其實《飄浮》與金的《莉西的故事》有著異曲同工之妙，可以說是他再度透過小說形式撰寫的一封家書，只是這回收件人並非他的妻子塔比莎，而是他的女兒——娜歐蜜．金。

身為他們家中唯一對恐怖小說不感興趣的成員，讀者們對娜歐蜜的印象，應該大多是金曾為她寫下具有童話色彩的奇幻小說《龍之眼》一事。當時仍不到十五歲的娜歐蜜，在時間流逝後，選擇進入神學院就讀，並在研究所的課程開始前，結識了一名學校的女教授，兩人就此墜入愛河，並於娜歐蜜30歲那年結為連理。

從金在《飄浮》中為那對女同志安排的情節，甚至是娜歐蜜也曾經營過餐廳的經歷，都反映出了《飄浮》之所以如此溫柔的原因，使這則故事既象徵了一名父親對女兒的愛，也反映出一種關於離別的感傷，以及滿懷的祝福之意。

因此，在讀完這本小說後，或許你會發現，當日後再聊起史蒂芬．金，聽見「飄浮」這兩個字時，你第一時間會想到的，已不再是那個手持紅色氣球的恐怖小丑，而是彷彿冬夜中的花火，在黑暗裡顯得如此明亮，甚至更讓人感到一絲暖意的那個瞬間吧。

只有他值得那麼多喝采！

這本閃耀著光芒的童話故事設定在史蒂芬·金最知名的小鎮，以他招牌的簡明風格撰寫。本書大張旗鼓地要我們克服每個人的不同……篇幅不長，充滿魔幻色彩，切合時事……尖銳又迷人！

——《書單》雜誌

在這本意外暖心卻也充滿哀傷的短篇小說裡，史蒂芬·金編織出一個古怪迷人的故事，種種怪事讓大家凝聚在一起……喜歡小鎮、魔幻、歡笑、不畏挑戰而且擇善固執的讀者一定會喜歡上作者溫柔的筆觸。

——出版家週刊

相當愉快……小小一本書蘊含著如此沉重的故事，充滿感染力……隨著男主角體重歸零，他的生命重心也隨之改變，本書最後走向令人難忘卻非常感人的結局。

——紐約郵報

史蒂芬·金還是有能力令他親愛的死忠讀者驚豔，他說故事的技巧爐火純青。本書是一本具有娛樂性質的魔幻故事，同時也觸及當今的美國文化。

——美聯社

如果你也像某些愛書人一樣，史蒂芬·金有些篇幅厚重的作品曾令你感到害怕，你可以放心了，這本輕薄短小的新小說《飄浮》，讓你剛聽到頁數時有如美夢成真……當地心引力抓不住你時，會發生什麼事？史蒂芬·金對於答案了然於心。好好享受這本書吧，這個故事講述一個平凡男子遇上的不平凡狀況。

——聖路易郵電報

篇幅短小，令人滿意的閱讀經驗……顯示大師再次提升了他傳奇般的說故事技巧！

——今日美國報

這是一本休閒時值得一讀的故事……令人獲益良多、充滿複雜哲思的作品。本書針對不同的人生經驗如何形塑每個人的思想，提供了社會性的批判與反思。

——《新共和》雜誌

作者筆下的甜美暖心讓人感覺非常新鮮。當今時事沉重無比，本書卻相當輕盈。

——紐約時報

本書不容錯過，金大師的顛峰之作！給這本書一個機會，這是一個無愧於其書名的故事。

——山區時報

感人憂傷的童話故事，以寫實及抽象的手法，講述接納、理解與原諒如何提升所有的靈魂。

——班戈日報

優雅低語般的故事……男主角善用自己的存在，找到了一個令人難以忘懷也相當美好的方式離開小鎮。

——寇克斯評論

歡樂、正向，還有一點酸楚的哀傷。

——娛樂週報

短小的故事訴說一名尋常男子遇見非比尋常的狀況，超越憎恨，學習生命的圓融與尊嚴。

——華盛頓郵報

針對我們現今充滿憤怒的輿論，本書是受人歡迎的解藥。

——舊金山紀事報

一部淳樸、暖心的短篇小說。

——《時人》雜誌

CONTENTS

懷念李察・麥森。

第一章——掉體重

史考特・凱利敲起艾利斯公寓家門，鮑伯・艾利斯（雖然已經退休五年，但高地園的人還是叫他老鮑醫生）讓他進來。「哎啊，史考特，你來啦，十點整準時到。我能幫上什麼忙？」

史考特人高馬大，光穿襪子還有一百九十三公分，有點肚子。「我不確定，也許沒什麼，但……我有個問題。希望不嚴重，但可能不妙。」

「不妙到你不想找平常看的醫生？」艾利斯已經七十四歲，一頭稀疏的白髮，腳有點拐，但不會拖累他在網球場上的表現。他就是在打網球的時候認識史考特，成為朋友。也許不算非常親密，但還是朋友。

「噢，我去看過了。」史考特說：「我總算做了全身檢查，抽血、驗尿、前列腺，什麼都看了，什麼都檢查了。膽固醇有點高，但還在正常範圍。我擔心的是糖尿病。醫生網站建議說比較可能是糖尿病。」

當然這是在他曉得衣服的問題之前，醫學網站及其他網站都沒有提到衣服的問題，肯定也跟糖尿病無關。

艾利斯帶他進客廳，大大的凸窗俯瞰城堡岩第十四座門禁社區的綠地，他與妻子如今就住在這裡。老鮑醫生偶爾會打高爾夫球，但主要還是打網球。喜歡高爾夫的是艾利斯夫人，史考特懷疑這就是他們住在這裡的原因，而不是在冬天的時候，跑去佛羅里達類似的運動主題社區。

艾利斯說：「如果你在找的是米拉，她在循道宗的婦女團體。我想應該是吧，但她也可能去了鎮上的議會，她明天要去波特蘭參加新英格蘭真菌協會的會議。這女人就跟熱平底鍋上的母雞一樣，到處跳來跳去。外套脫了吧，坐、坐，跟我聊聊，你在想什麼。」

雖然現在才十月初，也沒有特別冷，史考特卻穿著North Face的鋪棉大外套。他脫下外套，擺在旁邊沙發上時，口袋發出叮噹聲響。

「要喝咖啡嗎？還是茶？我想應該還有早餐吃的酥皮點心，如果——」

「我體重直直掉。」史考特忽然說：「我在想這個。你知道，說來好笑。我之前一直避開浴室體重計，因為過去這十年來，上頭的資訊看起來都很不妙。現在，我每天早上第一件事就是量體重。」

艾利斯點點頭。「我明白了。」

史考特想：**老醫生**可沒理由躲著體重機，史考特的外婆大概會說他是「結實的竹竿」。如果不出什麼意外，大概還有二十年好活，也許可以活到一百歲。

「我當然知道躲體重機的症狀，我執業的時候常常注意到，我也看過相反的狀況，強迫量體重，通常都是厭食症或暴食症患者，你看起來都不像。」他靠向前，雙手交握在纖細的大腿上。「**你**曉得我已經退休了吧？我可以建議，但不能開處方。而我會建議你最好還是回去找你的醫生，確認整體檢查結果。」

史考特笑了笑。「我懷疑我的醫生會希望我住院，多檢查幾天，但我上個月得到一個大案子，替連鎖百貨公司製作網站，我不聊細節，但是座金山，我運氣很好，能夠接到這種案子。我算前進了一大步，而且還不用搬離城堡岩，這就是電腦時代的美妙。」

「但如果你生病，就不能工作了。」艾利斯說：「史考特，你是聰明人，我相信你知道掉體重不只是糖尿病的指標，也是癌症的指標，以及其他疾病，我們在講的是幾公斤？」

「十三公斤。」史考特望向窗外，看到藍天綠草間有輛白色的高球車駛過。好像照片，在高地園網站上肯定好看。他相信他們有網站，現在什麼都有網站，就連在路邊賣玉米跟蘋果的小攤都有網站，但不是出自史考特之手，他要去設計更大的企劃了。「截至目前為止。」

鮑伯．艾利斯笑了笑，露出一口真牙。「這樣的確不少，但我猜你還撐得住。你人高馬大，在球場也算靈活，而且你也會花時間上健身房，但這麼多額外的重量不只對心臟造成負擔，對其他部位也不好。我相信這些你都知道，網路醫生講的。」他對這話翻了一個白眼，史考特微笑。「你現在多重？」

「你猜。」史考特說。

鮑伯笑了笑。「你覺得這是園遊會嗎？娃娃玩偶剛賣完了。」

「你當家醫科醫生多久了？三十五年？」

「四十二年。」

「那就別客氣，你至少替病人量過幾萬次體重。」史考特起身，人高骨架大，穿著牛仔褲、法蘭絨襯衫跟一雙老舊的喬治亞巨人牌靴子。說他是網站設計師，他更像木匠或牧馬人。「猜我多重，等等再來決定我的命運。」

老鮑醫生用專業目光上下打量史考特．凱利一百九十三公分的身軀（穿著靴子，更像兩百公分吧）。他特別留意皮帶上方的肚子，還有長長的大腿肌肉，這是在機器上練腿部推舉跟深蹲的成果，老鮑醫生自己已經不上這種機器了。「襯衫打開我看看。」

史考特拉開襯衫，露出緬因大學體育系的灰色T恤。鮑伯看看雄偉的胸膛，壯歸壯，但多餘的脂肪已經形成屁孩所謂的「男性大奶」。

「我會說……」艾利斯停頓了一下，對眼前的挑戰很感興趣。「我會說一百零五公斤，也許一百一十。這代表你開始瘦的時候，差不多是一百二十幾公斤。我必須說，你在網球場上還是很靈活，這點我不用猜。」

史考特想起月初自己終於鼓起勇氣站上體重機時的喜悅，真的，樂不可支。之後持續穩定下降的體重的確令人擔憂，但只有一點點。讓擔憂變成害怕的是衣物的問題。用不著網路醫生網站告訴你衣服的問題很怪，真他媽誇張，好不好？

外頭，高球車緩緩駛過。車上有兩個中年男子，一個穿粉紅色褲子，另一個穿綠色的褲子，兩人看起來都過胖。史考特覺得，他們應該為了自己好，不要開車，走過去打球。

「史考特？」老鮑醫生說：「你還在嗎？你失神了嗎？」

「還在。」史考特說：「上次我們打球的時候，我一百零八公斤。我會知道，因為那是我最後一次量體重。我覺得是時候該減減肥了。還沒打到第三節，我就開始上氣不接下氣。不過，今天早上，我九十六公斤。」

他在外套旁坐了下來（外套因此又發出叮噹聲）。鮑伯仔細檢視他。「我看你不像九十六公斤啊，史考特。抱歉我這麼說，但你看起來不只如此。」

「但，是健康的？」

「對。」

「沒生病？」

「沒，看你外表是看不出來啦，但——」

「你家有體重機嗎？我敢說有，咱們去量量看。」

老鮑醫生想了想，懷疑史考特的問題可能出在眉毛之間的大腦灰質。就他的經驗，通常會對體重大驚小怪的人都是女性，但男性也有可能。「好，咱們去量，跟我來。」

鮑伯帶他進書房，到處都是書架。一面牆上有人體解剖圖，另一面是一排文憑證照。史考特望向擺在醫生電腦與印表機之間的紙鎮。鮑伯跟著看過去，大笑起來。他從桌上拿起頭骨，拋給史考特。

「塑膠的，不是真的，別擔心手滑。這是我長孫送我的，他十三歲，我想還在『送禮缺乏品味』階段。來這，咱們看看秤起來如何。」

角落有座看起來像龍門架的磅秤，上頭有兩顆砝碼，一大一小，可以調整到金屬橫桿平衡不動。「城裡診所關門的時候，我就只帶了這個跟牆上的解剖圖回來。這是Seca牌磅秤，最精良的醫學用磅秤。這是多年前，內人送我的，相信我，沒有人會責備她缺乏品味，或便宜行事。」

「準嗎？」

「這麼說好了，如果我拿一袋十一公斤的麵粉上來秤，上頭顯示十公斤，我就會回超市要求退費，如果你要量出比較真實的數字，你就該把靴子脫了，還有你拿外套過來幹嘛？」

「你等等就知道。」史考特並沒有脫靴子，反而穿上外套，口袋因此又發出叮噹聲。現在他著裝完畢，這身打扮適合更冷的天氣，但他踏上磅秤。「開始吧。」

鮑伯考慮到靴子與外套，先將砝碼一路調上一百一十五公斤，然後一路倒扣，一開始先慢慢退，後來整個拖到後面。平衡桿上指針持續往後，一零八、一零四、九十九，老鮑醫生覺得不可思議。別說靴子與外套，史考特．凱利光看起來就超過這個數字。他也許會多估幾公斤，但他這輩子還沒量過體重差這麼多的肥男胖女。

橫桿最後停在九十六公斤。

「真是不敢置信。」老鮑醫生說：「這玩意兒要重新校正了。」

「我不覺得耶。」史考特如是說，他走下磅秤，伸手進外套口袋裡。他從左右口袋各掏出一把二十五分錢的硬幣。「這我存了好幾年，統統放在古董夜壺裡。諾拉還沒離開，已經快滿了。兩邊加起來應該有五公斤，甚至超過。」

鮑伯沒有答腔，他啞口無言。

「現在你明白，我為什麼不去找亞當斯醫生了嗎？」史考特把硬幣扔回外套口袋，又是一陣歡樂的叮噹聲。

鮑伯可以開口了。「讓我確認一下，你在家裡也量到這個數字？」

「到個位數都一樣，我的磅秤是Ozeri的電子秤，也許沒有這寶貝這麼精準，但我試過了，還算準。現在看好了，我寬衣時通常會搭配性感音樂，但既然咱們在俱樂部的更衣室一起換過衣服，我看就免了。」

史考特脫下大外套，擱在椅背上。然後，他兩手輪流扶著老鮑醫生的書桌，脫下靴子。接下來，他脫下法蘭絨襯衫。他解開皮帶，脫下牛仔褲，只剩四角褲、T恤、襪子，站在原地。

「要我脫到一絲不掛也是可以。」他說：「但我想到這裡就足以說明我的重點。因為，你看看，這樣真是嚇死我了，衣物的問題。這就是為什麼，我會想找個口風緊的朋友，而不是找我平常的醫生。」他指著地上的衣服與靴子，然後是口袋重重的大外套。「你覺得那些東西有多重？」

「加上硬幣？至少七、八公斤吧，你要量量看嗎？」

「不用。」史考特說。

他站上磅秤。無須調整砝碼，橫桿還是穩穩停在九十六公斤。

＊＊＊

史考特穿回衣服，他們回到客廳。老鮑醫生替他們倒了一指高的沃福酒廠威士忌，明明現在才早上十點。史考特沒有拒絕。他一口飲盡，酒精在他肚裡點起撫慰的火，鮑伯先分兩小口喝，彷彿是在品嚐味道，然後一口氣喝完剩下的酒。「你知道，這不可能。」他一邊說，一邊把空酒杯擺在茶几上。

史考特點點頭。「又一個我不想跟亞當斯醫生談的原因。」

「因為這種狀況必須登錄進系統裡。」鮑伯說：「作為紀錄。而且，沒錯，他會堅持要你進行各種檢驗，搞清楚你到底怎麼了。」

雖然史考特沒說出口，但「堅持」這個字眼似乎太溫和了。在亞當斯醫生的診間，出現在他腦袋裡的字眼應該是「強制拘留」。就是這個時候，他反而決定閉嘴，去找他退休的醫生朋友。

「你看起來有一百一十公斤。」鮑伯說：「你自己感覺有這麼重嗎？」

「並沒有。我覺得有點……嗯……體重一百一的時候，我覺得自己有點笨重拖沓。我猜這不是成語，但我盡力了。」

「我覺得很適合。」鮑伯說：「誰管成語典裡有沒有。」

「雖然我很清楚，但那不只是因為胖而已。因為胖，還有年紀，還有……」

「離婚？」鮑伯溫柔地問，現在換上老鮑醫生模式。

史考特嘆了口氣。「當然，那也是原因。離婚在我的生命中投下陰影，現在好多了，我已經好多了，但陰影還在。騙不過人。雖然我生理上沒有什麼大問題，還是一週運動三次，要到第三節才會上氣不接下氣，但……你知道，笨重拖沓。現在我沒有這種感覺了，至少沒有那麼嚴重。」

「更有活力？」

史考特想了想，然後搖搖頭。「不太像，比較像是我原本舊有的活力，但支持得更久。」

「沒有昏昏欲睡？沒有疲憊？」

「沒有。」

「食慾都好？」

「跟馬一樣。」

「最後一個問題，你必須原諒我這麼問。」

「別客氣，問吧。」

「這不是什麼惡作劇，對吧？開退休老醫生的玩笑？」

「絕對不是。」史考特說：「我猜我不必問你先前有沒有見過類似的例子，但你有在什麼文獻上讀過嗎？」

鮑伯搖搖頭。「跟你一樣，我不解的是衣物的問題，還有你外套口袋裡的錢幣。」

史考特心想：彼此彼此。

「沒有人穿好衣服跟光屁股的體重是一樣的，重力會在中間作用。」

「你能不能去什麼醫學網站查查，看有沒有類似的案件？就算不是這麼相似的病例也可以？」

「可以，我會去查，但我可以告訴你，答案是沒有。」鮑伯遲疑了一下，又說：「這不只超過了我過往的經驗，我會說，這根本超乎**人類經驗**。見鬼了，我想說這不可能，但如果你我的磅秤沒壞，那我實在沒有其他理由不信。史考特，你怎麼了？這是怎麼開始的？你有沒有……我不知道，有沒有接觸到放射線？或是不小心吸到一口來路不明的殺蟲劑？仔細想想。」

「我想過了，就我所知，什麼也沒有，但我確定跟你談過之後，我心情好多了，不是只有坐在那裡發愁。」史考特起身，抓起外套。

「你去哪？」

「回家囉。還要設計網站，大案子，我必須說，雖然感覺起來沒有那麼大。」

鮑伯送他到門口。「你說你注意到體重掉得很穩定，緩慢但穩定。」

「沒錯，兩、三天掉一公斤。」

「無論你吃什麼。」

「對。」史考特說：「要是繼續掉呢？」

「不會的。」

「你怎麼確定？如果這種狀況超乎人類經驗？」

這話讓老鮑醫生啞口無言。

「老鮑，拜託不要說出去。」

「只要你持續告訴我狀況，我就不說。我很擔心。」

「這我辦得到。」

到了門廊，他們並肩站立，望向天空。天氣真好。樹葉轉紅，烈火的顏色映紅山丘。「從了不起的話題轉換到荒謬的事情。」老鮑醫生說：「你跟隔壁兩位餐廳姑娘處得怎麼樣？聽說你們有些問題。」

史考特沒費心問鮑伯打哪聽說的，城堡岩是個小鎮，消息傳得很快。他猜，當退休醫生的夫人參加了所有鎮上及教堂的會議時，消息會傳得更快。

「如果麥孔小姐跟唐納森小姐知道你叫她們姑娘，你會列入她們的黑名單，而就我目前的狀況看來，她們根本稱不上什麼問題。」

＊＊＊

一小時之後，史考特坐在自家書房，這是一棟三層樓建築，位於城堡岩的城堡景地區。這裡的價格有點高出他的舒適區，但諾拉想住這，而他想要諾拉。現在，她在亞利桑那州，留下這個就算他們兩人一起住都太大的空間，當然還有貓貓。他覺得相較之下，她更不願離開威威。史考特覺得這樣有點過分，但事實總是如此。

「和斯柴爾—孔恩雛型網站素材」幾個大字出現在他的電腦螢幕中央，

和斯柴爾—孔恩並不是與他合作的連鎖百貨公司，還在將近四十年前就已經歇業，但這麼大的案子，提防一下駭客總是好的，因此才有這種假名。

史考特點擊兩下，一張古老的和斯柴爾—孔恩百貨公司照片出現（最後這張圖會變成比較現代的建築，也就是實際請他設計網站的公司）。下方有句話：**靈感你出，後續我們包辦**。

就是這句簡單的口號讓他得到這份工作。設計技巧是一回事，靈感與琅琅上口的口號則是另一回事，兩者結合碰撞，就產出特別的結果。**他**很特別，這是他證明的機會，他決定好好把握。最後他勢必要與廣告公司合作，他明白，而他們也許會修改他的文字與圖像，但他覺得這句文案會留下來。基本的概念都會留下來，這些東西強到能夠在一群紐約賣弄鬼之間存活下來。

他再次點擊兩次，螢幕上出現一間客廳，目前是空的，連燈具都沒有。窗外是一片綠地，恰好就是高地園，米拉．艾利斯打過好幾場高爾夫球的地方。有時，米拉四人組還會包括史考特的前妻，現在前妻住在弗拉格斯塔夫（大概也在打高爾夫吧）。

「威威滴喵」走進，發出慵懶的喵一聲，磨蹭他的腿。

「馬上開飯。」史考特咕噥地說：「再幾分鐘就好。」彷彿貓明白狹義的分鐘，或廣義的時間一樣。

史考特心想：彷彿我懂一樣。時間是看不到的，跟重量不同。

啊，但也許不盡如此。人感覺得到重量，沒錯，當你太重的時候，你會顯得**笨重拖沓**，但重量跟時間基本上不都是人類建構出來的概念嗎？時鐘上的指針，浴室磅秤上的數字，難道不是用可見結果來測量無形的力量嗎？只是徒勞努力想用人類以為的現實框架容納浩瀚的宇宙實相？

「算了啦，你會把自己逼瘋的。」

威威又喵了一聲，史考特的注意力又回到電腦螢幕上。

空蕩蕩的客廳裡有一個搜尋欄，上頭有「選擇你的風格！」字樣。史考特打入「早期美國」，螢幕活了過來，不是一口氣統統出現，而是慢慢地，彷彿每件家具都是顧客精挑細選，一一加入的：椅子、沙發，粉紅色的牆壁不是貼壁紙，而是用模板繪製出來的，還有賽斯．湯瑪斯時鐘跟好太太手工編織地毯，壁爐燃起溫暖的小小火光，上方的光源來自多組木頭支架的防風燈。這種風格就史考特的喜好來說有點超過，但跟他交涉的業務員會喜歡，他們也向史考特保證，潛在客戶也會喜歡。

他可以滑動螢幕，裝潢客廳、臥室、書房，都是早期美國風格。或者，他也可以回到搜尋欄，在這虛擬的空間裡換上殖民時期風格、軍備風格、美術工藝風格或木屋鄉村風格。不過呢，今天的工作則是安妮女王風格。史考特打開筆電，開始挑選陳列的家具。

五十五分鐘後，威威回來了，又認真磨蹭、喵喵叫了起來。

「好啦、好啦。」史考特如是說，站起身來。他走進廚房，威威滴喵揚著尾巴帶路。威威的腳步帶著貓咪的輕盈，史考特自己也覺得輕盈許多。

他把喜躍乾飼料倒進威威的碗裡，貓咪低頭吃飯時，他則去前陽台換換氣，然後才回到高背沙發、溫弗利沙發、高腳抽屜櫃之中，這些家具都有知名的安妮女王腳柱。他覺得這種家具只會出現在葬儀社，明明是很重的家具，卻想看起來很輕，但青菜蘿蔔各有所好啦。

他正好即時看到老鮑醫生口中的「姑娘」出現，她們從自家車道出來，轉向城堡景小巷，長長的腿出現在小短褲之下，蒂兒卓・麥孔穿藍色短褲，蜜西．唐納森穿紅色短褲。她們穿了同樣的T恤，替她們在卡賓街鬧區開的餐廳打廣告，跟在她們身後的是看起來長得很像的兩條拳師狗，阿哥與阿弟。

史考特告辭時，老鮑醫生的話（大概只是想輕鬆結束他們的會面）現在浮上他的心頭，史考特與餐廳姑娘之間的小問題，的確有麻煩，不是什麼嚴重的關係問題，或神秘的減重問題，比較像是一直不好的皰疹。蒂兒卓很討厭，臉上一直掛著那淺淺的自以為是微笑，這表情似乎是在說：**老天幫幫忙，保佑我能容忍這些白癡吧**。

史考特立刻做出決定，連忙跑回書房（還跳過躺在門廊的威威），抓起他的平板。他跑回門口，打開拍照程式。

前門有紗門，他看不太清楚，不過，兩位女子並沒有注意到他，她們沿著小巷乾硬的路邊一路跑到遠方，白到發亮的運動鞋前後移動，馬尾甩啊甩的。

兩隻狗狗矮胖結實，但還很年輕，充滿精力，跟在她們身後跑。

史考特為了狗的事情，造訪她們家兩次，兩次都與蒂兒卓談，也都見識到她那自以為是的微笑，當時，她在跟他解釋，她覺得她們家的狗不會在他家草坪上拉屎。她說：他們兩戶的草坪都有圍籬，而牠們出門的時候（「每天跑步的時候，阿哥與阿弟會陪我跟蜜西一起」），牠們都非常乖。

「我想牠們一定是聞到我家的貓。」史考特那時說：「這是地域問題。我了解，我也明白妳們跑步時不想牽繩，但若妳們回來後，能夠看一下我家草坪，那我會非常感激，必要的時候，守望相助一下。」

「**守望相助**。」蒂兒卓說，臉上的笑容毫不動搖。「也許只有我會這樣想啦，但感覺挺軍國主義的。」

「妳愛怎麼說就怎麼說。」

「凱利先生，也許如你所說，有狗在你家草坪**方便**，但那不可能是我們家的狗。也許讓你不舒服的不是這件事？你對同性婚姻應該沒有偏見吧？」

史考特差點笑出來，這樣很不妙，就算是以川普的標準來看，這樣的外交手段都很不妙。「一點也沒有，我的偏見只有不想踩到妳家拳師狗留下來的神秘包裹而已。」

「聊得很愉快。」她說，臉上還掛著那個笑容（她應該希望這種笑容不會激怒對方，但肯定讓人覺得很煩），然後溫柔但堅定地當著他的面關上家門。

史考特滿腦子都是神秘的減重問題，這幾天根本沒想到這件事，他看著兩個女人跑過來，兩條狗歡快地跟在後頭。蒂兒卓與蜜西邊聊邊跑，有說有笑。她們紅統統的臉頰閃著汗水及健康的光澤。麥孔小姐顯然比較會跑，但她還是稍微放慢速度陪她的伴侶慢慢跑。她們完全沒有留意狗狗，這點實在很難忽視，城堡景車不多，特別是大白天的。史考特不得不坦承這兩隻狗狗的確沒有跑到大馬路上。就這點來說，至少牠們被訓練得很好。

他心想：今天等不到了，凡事準備好，就不會發生了，不過，如果能讓麥孔小姐笑不出來……

說時遲，那時快，來了。起初只有一隻狗轉彎，然後另一隻也跟來了，阿哥與阿弟跑進史考特的草坪，並肩蹲下。史考特拿起平板，迅速拍了三張照片。

＊＊＊

這天傍晚，史考特早早吃完培根蛋麵以及一大塊巧克力起司蛋糕，他站上體重機，滿腦子想的跟這幾天差不多，只希望事情終於回到正軌。並沒有。雖然吃了一頓大餐，但體重機告訴他，他現在是九十五點六公斤。

威威坐在旁邊蓋起的馬桶上看他，尾巴整齊收在腳邊。

「哎啊。」史考特對牠說：「只能這樣囉，對吧？就跟之前諾拉聚會回家後會說的一樣，盡人事，聽天命，接納才是一切的重點。」

威威打起呵欠。

「但我們還是會盡力改變現狀，對吧？你堅守堡壘，我出門一下。」

他抓起iPad，小跑步了四百公尺，前往麥孔及唐納森住了八個月的翻新農舍，自從「聖豆」餐廳開幕後，她們就住在這裡了，他很清楚她們每天的行程，鄰居不小心都會清楚彼此的作息，現在正是單獨與蒂兒卓見面的好時機。

蜜西是餐廳的主廚，通常三點左右就出門準備。蒂兒卓是這段合夥關係的門面，差不多五點才過去。史考特相信蒂兒卓在工作及家裡都是管事的。他覺得蜜西．唐納森就是個甜美的女孩，用帶著恐懼與讚嘆的目光觀看這個世界，他覺得恐懼的成分可能比較多。蒂兒卓會不會覺得自己是蜜西的伴侶，也是她的護花使者？也許，說不定喔。

他踏上階梯，按下門鈴。門鈴一響，後院的阿哥與阿弟開始吠起來。

蒂兒卓打開家門。她身穿合身可愛的洋裝，站在領檯接待客人、帶他們去不同座位時，無疑會驚豔四座。她的眼睛最美，是魅惑人心的綠灰色，眼角還有點上揚。

「噢，凱利先生。」她說：「見到你真好。」又是那個笑容，彷彿是在說，見到你真無聊。「我很樂意邀你進屋，但我得趕去餐廳了。今晚很多訂位，你知道，都是來賞紅葉的遊客。」

「我就不耽擱妳了。」史考特露出笑容。「我只是來讓妳看這個。」他拿起iPad，讓她看阿哥與阿弟蹲在他家前院草坪，一前一後拉起屎來的畫面。

她望著畫面好一會兒，笑容褪去。這種神情並沒有讓史考特感覺到他期待的樂趣。

「好吧。」她終於開口，她語氣裡假惺惺的歡快消失了。少了那種口氣，她的聲音聽起來疲憊不堪，還老上好幾歲，她大概才三十幾吧。「你贏了。」

「相信我，這跟輸贏無關。」話一出口，史考特就想起有次大學老師說，只要有人在句子裡加上「相信我」三個字，你就得提防這傢伙。

「那你已經完成你的目標了。我現在不能去清，蜜西已經去工作了，但打烊後我會去弄。你連前院的燈都不用開，我應該能夠在街燈下看到……排泄物……」

「妳不用這麼做。」史考特開始覺得自己有點過分，而且不知怎麼，覺得自己好像做錯了。畢竟，她剛剛都說「你贏了」。他又說：「我已經包走了，我只是……」

「怎樣？想扯平嗎？如果是這樣，那你的任務已經達成了。從今天起，我跟蜜西會去公園跑步，你不用去舉發我們。謝謝，晚安。」她正要關門。

「等等。」史考特說：「請妳等等。」

她從半掩的門裡望著他，臉上面無表情。

「麥孔小姐，我從來沒想過要為了幾坨狗屎去找動物管制員。聽著，我只是希望我們能當好鄰居。我的問題在於，妳總是急著打發我，不肯認真對待我。好鄰居不是這樣的，至少在這裡不是這樣。」

「噢，我們很**清楚**這裡的好鄰居是什麼**德性**。」那道自以為是的淺淺笑容又出現了，關門時，笑容還掛在臉上。不過，就在這之前，他在她眼裡看到疑似是閃閃的淚光。

他一邊下坡回家，一邊想：我們很清楚這裡的好鄰居是什麼模樣。這話到底是什麼意思啊？

＊＊＊

兩天後，老鮑醫生來電，詢問狀況是否好轉。史考特告訴他，進度跟之前差不多。他現在體重九十四公斤。「還滿規律的，踩上體重機就跟看著汽車里程數倒轉一樣。」

「但你的體態還是沒有變？腰沒細？襯衫沒鬆？」

「我腰圍還是一百公分，腿長還是八十六。用不著束緊腰帶，或放鬆一點，明明我就吃得跟伐木工人一樣。早餐是培根、雞蛋、香腸，晚上什麼都加醬，一天最少吃到三千卡路里，也許有到四千，你開始研究了沒？」

「有是有。」老鮑醫生說：「就我目前看來，完全沒有相同的病例。很多臨床報告提到病人的新陳代謝過快，如你所說，吃得跟伐木工人一樣，卻還是很瘦。不過，穿衣服跟沒穿衣服同樣體重這點倒是沒看到。」

「噢，但不只這樣。」史考特說，他又微笑起來，他最近很愛笑，就他的狀況來說，還笑得出來也太瘋狂了。他跟癌末病患一樣，體重直直掉，但工作充滿幹勁，他覺得自己從來沒有這麼愉悅過。有時，當他需要休息，遠離電腦螢幕的時候，他會放起摩城（Motown）音樂，在房裡跳起舞來，而威威滴喵則用看到神經病的眼神望著他。

「還有怎樣？告訴我？」

「我今天早上量體重是九十四點三，直接從浴室淋浴出來，光屁股量的，我家衣櫥裡有兩個十公斤的啞鈴，我一手握一個，站上體重機，還是九十四。」

電話另一端一度沉默，然後鮑伯終於開口：「你在耍我。」

「鮑伯，耍你，我就死給你看。」

又是一陣靜默，然後：「你周圍彷彿有一圈什麼排斥重量的力場，我知道你不喜歡人家東問西問，但這完全是新的現象，非常嚴重，也許暗示著我們根本無法理解的狀況。」

「我不想成為什麼怪胎。」史考特說：「你站在我的立場想想看。」

「你至少會考慮一下？」

「我想過了，想了很多，我完全不想登上《內部透視》的八卦名人堂，照片還擺在夜飛人[1]跟瘦長人旁邊。而且，我還有工作要做，雖然這案子還沒確定前，我們就離婚了，但我答應過諾拉，會把酬勞分給她，我相信她會需要用錢。」

「需要多久？」

「也許六個禮拜吧。當然之後還要修改、測試，我會忙到新年，但六個禮拜足以完成主要的工作。」

「如果以這種步調持續遞減，那時你就只剩七十五公斤了。」

「但看起來還是雄壯威武。」史考特大笑起來。「是吧？」

「考慮到你的狀況，你的口氣聽起來也太歡樂了。」

「我**覺得**很歡樂。也許瘋了，但這是真的，有時我覺得這是世界上最了不起的減重計畫。」

「是啊。」鮑伯說：「但要到什麼程度才會停下來呢？」

＊＊＊

就在史考特與老鮑醫生講電話後沒幾天，他家前門傳來輕輕的敲門聲。如果他把音樂開得大聲一點，他就聽不見了（今天聽的是雷蒙斯樂團），而他的訪客就會默默離去。大概還鬆了口氣吧，因為當他開門時，蜜西・唐納森站在門口，看起來已經嚇到只剩半條命。這是他拍下阿哥與阿弟在他家草坪解放後，第一次與她見面。他猜蒂兒卓應該遵守承諾，現在兩位小姐會帶狗狗去附近的公園運動。如果她們敢讓狗狗在公園無繩亂跑，無論狗有多乖，都會惹毛動物管制員。史考特記得在公園看過狗必須牽繩的告示牌。

1. 譯註：夜飛人（Night Flyer），出於史蒂芬・金的短篇小說。

「唐納森小姐。」他說：「妳好。」

這是他第一次見到她單獨出現，他很謹慎，沒有踏出門檻，或採取任何突然的動作。彷彿他忽然怎麼樣，她都會嚇到跳下階梯，跟鹿一樣逃走。她有一頭金髮，沒有另一半那麼漂亮，但面容甜美，還有一雙湛藍的眼睛。她帶有一種脆弱的特質，讓史考特想起他媽用來裝飾的瓷盤。實在很難想像這位小姐出現在餐廳廚房，在熱氣騰騰的鍋碗瓢盆間移動，打造蔬食餐點，對幫手頤指氣使。

「有什麼事嗎？要進屋嗎？我有咖啡……妳要的話，還有茶。」

東道主標準客氣對話都還沒說完，她已經開始搖頭，且搖動程度相當輕微，連她的馬尾都沒有在肩上左右晃動。「我是來替蒂兒卓道歉的。」

「沒必要道歉。」他說：「妳們也不用大老遠帶狗去公園，我只是希望妳們回來的時候，順手用兩個狗便袋檢查一下我家草坪而已，這樣不算要求太多吧？」

「不多，一點也不多，我甚至跟蒂兒卓提過這件事，她差點扭斷我的頭。」

史考特嘆了口氣。「唐納森小姐，真遺憾聽到這種話——」

「如果你願意，你可以叫我蜜西。」她低下頭，微微臉紅，彷彿是在講什麼有傷風化的話一樣。

「我很樂意，因為我只希望我們能夠成為好鄰居。妳知道，城堡景這裡的人大多都是好鄰居。而我似乎一開始的路線就錯了，話說回來我又怎麼曉得正確的路線是什麼呢？我真的不知道。」

她持續低著頭。「我們搬來這裡快八個月了，你實際跟我們交談的時候，無論是跟我們兩個，還是單獨聯絡，都是在講我們的狗在你家草坪上幹的好事。」

這倒是真的，史考特勉強承認。「妳們剛搬來的時候，我買了一袋甜甜圈過去。」他（有點站不住腳地）說：「但妳們不在家。」

他以為她會問他為什麼不再試試看，但她沒說。

「我是來替蒂兒卓道歉的，我也想替她解釋。」至此她終於抬起頭來。這個舉動相當吃力，她雙手交握在牛仔褲的腰際位置，但她還是努力辦到。「她不是在氣你，真的……呃，她是啦，但不只是氣你一個人，她氣每個人，城堡岩是個錯誤。我們來這裡，因為這邊的商業模式已經相當成熟，而且價格也不錯，我們想要離開大城市，我是指波士頓，我們曉得這樣是在冒險，但感覺是可以接受的風險，而且這個鎮很美。啊，我想這點你已經知道了。」

史考特點點頭。

「但我們大概會失去我們的餐廳。如果情人節之前狀況沒有改善，我們肯

定會關門大吉了。就是這個原因，她才讓他們用她的照片當海報。她不肯談事情有多糟，但她很清楚，我們都很清楚。」

「她談到什麼賞葉的觀光客……大家都說夏天生意特別好……」

「夏天是很好。」她說，現在比較有生氣了。「至於賞葉的遊客，是有一些，但多數遊客都直接往西到新罕布夏州。北康威鎮有那些暢貨中心可以買，還有更多觀光景點。我猜冬天的時候，我們會有一些要去舒格洛夫或貝賽爾的滑雪客……」

史考特曉得多數滑雪客會繞過城堡岩，直接走二號公路前往緬因州的滑雪勝地，但她已經夠沮喪了，何苦再讓她繼續難過？

「等到冬天，我們會需要本地人的支持，你一定明白這種事。天冷的時候，鎮民會互相交換物資，足以撐到夏天遊客回來的時候。五金行、伐木場、佩西的簡餐店……他們都撐過了冷清的月份，只不過沒有多少本地人光臨聖豆餐廳。是有一些，但不夠，蒂兒卓說，不只因為我們是女同性戀，更是因為我們是合法結婚的女同性戀，我不希望她是對的……但我想她說的沒錯。」

「我相信……」他沒說下去。他相信這不是真的？他怎麼曉得是不是真的？他根本沒想過這種問題啊。

「相信什麼？」她問。不是自以為是的口氣，而是真的很好奇。

他又想起浴室體重機，還有一路下滑的數字。「事實上，我沒有要說什麼，如果事情真如妳說的那樣，我實在很遺憾。」

「哪天有空，你該來我們店裡吃頓晚餐。」她說。這也許是變相告訴他，她曉得史考特從來沒去聖豆用餐過，但他覺得應該不是這樣，他覺得這位年輕小姐沒有這麼奸詐。

「會的。」他說：「我猜妳們應該有豆子料理？」

她面露微笑，整個人亮了起來。「噢，有的，很多種。」

他也微笑。「我想這是個蠢問題。」

「凱利先生，我得走了。」

「叫我史考特。」

她點點頭。「好的，史考特。很高興跟你談。我真是鼓足了全部的勇氣過來，但我很慶幸我來了。」

她伸出手，史考特跟她握手。

「幫我一個忙。如果你不小心見到蒂兒卓，不要跟她提我來找你的事，我會很感謝你。」

「沒問題。」史考特說。

＊＊＊

蜜西．唐納森造訪的隔天，史考特坐在佩西簡餐的吧台，吃完他的午餐，正巧聽到後方桌位有人提到「那間死蕾絲邊」的餐廳，然後是笑聲。史考特望著吃了一半的三角蘋果派，旁邊還有原本一球、現已融化成一灘的香草冰淇淋，佩西把甜點送上桌時看起來相當美味，但他現在沒胃口了。

他之前聽過這種話，但充耳不聞嗎？就跟他聽到（至少對他來說）其他不重要的閒聊一樣？他希望不是如此，但很有可能就是這樣。

蜜西之前說過：大概會失去餐廳，我們會需要本地人的支持。

她用「大概」這種字眼，彷彿聖豆餐廳的窗戶上已經掛著「租售」的牌子。

他起身，在甜點盤下留了小費，然後支付午餐帳單。

「派吃不完啊？」佩西問。

「我的眼睛比胃口大一點。」史考特說，才怪，他的眼睛跟胃都是昔日的尺寸，只是輕了一點。妙的是他沒有那麼在乎，甚至沒有那麼容易擔憂了。也許前所未聞，但有時，他根本不會注意到自己穩定下滑的體重，等著拍阿哥與阿弟蹲在他家草坪上的時候沒有，現在也沒有，他現在滿腦子都是「死蕾絲邊」。

這句話出現的方向坐了四個人，都是身穿工人服裝的大漢，一排工地帽擺在窗沿上，這四位先生的橘色背心上印著「城堡岩公共工程」字樣。

史考特經過他們身邊，前往門口，打開門，隨即又改變心意，走去修路工人那一桌。其中有兩人他認識，還一起打牌過，朗尼．布雷格，跟他一樣，都住鎮上，都是鄰居。

「知道嗎？講那種話真的很糟糕。」

朗尼抬頭，一臉不解，然後認出史考特，便露出笑容。「嘿，史考特小老弟，你怎麼樣？」

史考特沒理他。「那兩位小姐就住在我家上面。她們人還不錯。」呃，蜜西不錯啦，蒂兒卓？他不太確定。

他不認識的其中一人雙手環抱在那寬大的胸膛上，瞪著史考特。「你在這場對話裡嗎？」

「沒有，但——」

「對，所以滾開。」

「——但我不得不聽到了你們的對話。」

佩西簡餐店小小一間，但午餐時間總是高朋滿座，充滿閒聊的聲音。現在交談與叉子在盤子上發出的聲響統統停下，大家紛紛轉過頭來，佩西站在收銀機旁，注意到麻煩出現。

「再說一次，兄弟，滾。我們聊什麼，不關你的事。」

朗尼連忙起身。「嘿，史考特小老弟，我送你出去，好吧？」

「不需要。」史考特說：「我不需要人家送，但我有話要說。如果你去那間餐廳吃飯，食物就關你的事，你可以愛怎麼批評就怎麼批評，而那兩個女人怎麼過生活則與你無關，這樣懂了嗎？」

那個問史考特是否在這場對話裡的大漢鬆開胸前的雙臂，站了起來。他沒有史考特高，但比他年輕，也更強壯。他寬寬的頸子開始漲紅，一路延伸到他的臉頰。「在我動手揍你之前，你最好帶著你的大嘴巴離開這裡。」

「好了、好了，別吵了、別吵了。」佩西尖銳地說：「史考特小老弟，你該閃人了。」

他乖乖離開簡餐店，深吸了一口涼爽的十月冷空氣，他身後傳來一陣敲擊玻璃的聲音。他轉過頭，發現短脖男正望出來，伸出一指，彷彿是在說「你給我等等」。佩西簡餐店的窗戶上有各種海報，短脖男撕下一張，走到門口，打開店門。

史考特緊握雙拳。自從中學之後，他就沒跟人家打過架了（史詩大戰，持續了十五秒，揮出六拳，四拳徹底落空），他忽然很期待這次活動筋骨的機會。他覺得腳步輕盈，準備好了。他不是憤怒，他很開心，覺得樂觀。

他心想：像蝴蝶一樣靈敏閃躲，像蜜蜂一樣銳利出擊。來吧，大個兒。

但短脖男不想打架。他把海報揉成一團，朝史考特腳邊扔出來，掉到人行

道上。「你馬子來了。怎麼不拿回家打槍用呢？不說霸王硬上弓，這就是你唯一能夠上她的機會了。」

他走回店裡，坐回朋友身邊，看起來志得意滿：結案啦。史考特注意到簡餐店的人統統透過窗戶望著他，他彎腰，撿起那團海報，連忙走開，他沒有要趕去哪裡，只是想逃離大家的目光。在半數城堡岩居民用餐的簡餐店引起這種騷動，他並不覺得丟臉或愚蠢，但他討厭那些好奇的目光。這種目光會讓他懷疑，天底下怎麼會有人想上台高歌、演戲或講笑話。

他攤開那團海報，閃過腦海的第一個念頭就是蜜西．唐納森的話：**就是這個原因，她才讓他們用她的照片當海報**。這個「他們」原來是城堡岩火雞路跑委員會啊。

海報中央是蒂兒卓．麥孔的照片。還有其他跑步的人，大多在她後面。藍色小短褲的腰際別著十九號的牌子，上半身是T恤，印著「二零一一年紐約市馬拉松」。史考特很難把她的表情與她聯想在一起：幸福洋溢的笑容。

照片下方的說明寫著：城堡岩最新美食饗宴聖豆餐廳合夥老闆蒂兒卓・麥孔即將抵達紐約市馬拉松終點，最後成績：女子組第四名！她宣布她會參加今年城堡岩的十二公里火雞路跑，你來不來？

之後是路跑的細項規則。城堡岩每年都會舉辦的感恩節路跑將於感恩節之後的那個禮拜五舉行，起點是城堡景活動中心，終點在市區的錫橋。男女老少都歡迎，本地民眾，成人報名費五美金，外地人七塊錢，十五歲以下兩元，請至城堡岩活動中心登記報名。

史考特望著照片裡女人開心的神情，也就是純粹的「跑者愉悅感」，此時，他才明白，對於聖豆餐廳的壽命，蜜西並沒有誇大其詞，一點都沒有。蒂

兒卓．麥孔自視甚高，相當驕傲，很容易覺得人家在冒犯她（史考特覺得真的很容易）。她讓他們這樣用她的照片，大概只是為了要露出「城堡岩最新美食饗宴」這幾個字，肯定是困獸的最後一搏。只要能多招來幾桌客人，什麼都好，就算人家只是想來欣賞站在領檯後的那雙美腿也沒關係。

他把海報摺起來，塞進牛仔褲的後面口袋裡，然後緩緩沿著主街前進，一路上還望著商家的櫥窗。每扇櫥窗上都有海報，什麼豆子晚餐啦、今年牛津平原賽車跑道停車場的巨型二手市集、天主教教會的派對海報，以及消防隊的一人一菜聚餐。他在城堡岩電腦販售及服務站的櫥窗上看到火雞路跑的海報，但之後要到街道盡頭的矮小建築「書報角」才能看到另一張了。

他走進書店，稍微逛了一下，然後在特價品桌上拿起《新英格蘭房屋設備與家飾》。裡頭也許沒有他能用在網站設計上的東西（畢竟第一階段的內容已經快完成了），但誰曉得呢？當他向書店老闆兼唯一的員工麥可・貝塔拉蒙特結帳時，他注意到櫥窗上的海報，提起那女人是他鄰居。

「對，差不多十年前，蒂兒卓・麥孔是路跑界的明星。」麥可邊說，邊打包他的書。「她原本要在二〇一二年參加奧運，但她扭斷腳踝。真倒楣。二〇一六年就沒試了，我瞭。我猜她現在大概想從大型比賽裡退休了，但我真是迫不及待今年可以跟她一起上路。」他笑了笑。「是說起跑鳴槍後，我可能不會一直跟在她身邊啦，她肯定會讓大家驚豔不已。」

「男女皆然？」

麥可大笑起來。「兄弟，他們叫她莫爾頓閃電可不是亂叫的，莫爾頓是她老家。」

「我在佩西簡餐店看過海報，另一張在電腦服務站，然後就是你家書店。

其他地方都沒有，這是怎麼回事？」

麥可笑容消失。「沒什麼好得意的，她是女同志。如果她不張揚，大概也就算了，沒有人在乎關上門以後的事，但她到處跟人介紹聖豆餐廳的主廚是她老婆，鎮上很多人都覺得這是在挑釁。」

「所以店家連海報都不願意貼？連報名費都不讓活動中心賺？只因為她惹毛了他們？」

自從短脖男把海報從簡餐店朝他扔出來之後，這些問題都不算真正的問題，只是讓他釐清頭緒的方法，這就好像他十歲的時候，哥哥與他的好朋友叫比較年幼的男孩乖乖坐好，跟他們分享生命的真理一樣。那時跟這時一樣，史考特對整體概念不是很清楚，但細節還是讓他震驚。人真的會那樣嗎？會，真的會，顯然就跟他們會「這樣」一樣。

「他們要設計新的海報了。」麥可說：「偏偏我知道，因為我是委員會的一員，這是考夫林鎮長的意見。你知道達斯帝這個人，妥協大王，新海報會有一大群火雞在主街上跑步。我不喜歡，我沒有投那張，但我明白基本的概念，這個鎮只有給活動中心兩千美金的經費，根本不夠維修公園遊樂場，更別說其他的什麼活動了，火雞路跑差不多可以帶來五千收益，但我們必須把消息放出去。」

「所以……就因為她是同性戀……」

「**已婚**同志。對很多鄉親來說這樣不成。史考特，你曉得城堡郡是怎樣的，你在這裡住了多久？二十五年？」

「超過三十。」

「對啊，結結實實的共和黨地區，**保守**的共和黨。二〇一六年，七成郡民

都投給川普，還覺得咱們的蠢蛋州長能夠在水上行走。如果那兩位小姐低調點，大概也沒事，但她們就是很高調。現在，大家覺得他們好像應該要表態一下才是。我是覺得她們要嘛就是對這裡的政治風向很不敏感，要嘛就是真的蠢到家了。」他停頓了一下，又說：「但食物挺不錯的。你去吃過了嗎？」

「還沒，但我計畫要去。」

「啊，別拖太久。」麥可說：「明年這個時候，那餐廳就會變成什麼冰淇淋店囉。」

第二章——聖豆餐廳

史考特本來想回家的，結果他卻走去鎮上公園，翻起他買的書，欣賞裡頭的圖片。他沿著主街另一側走，再次看到蒂兒卓的海報出現，這次是在編織用品店，其他地方都沒看到了。

雖然麥可一直說她們跟這兩個女的高調，但史考特才不這麼想。一切都是因為蒂兒卓．麥孔。她才是這段合夥關係裡負責挑釁別人的那一半。他覺得蜜西．唐納森樂得保持低調，這一半的合夥關係連稍微鼓起勇氣激動一點都有問題。

他心想：但她還是跑來找我了，她說了很多不只要鼓起勇氣才講得出口的

話，這需要膽量。對，他因此對她有好感。

他把《新英格蘭房屋設備與家飾》擺在公園長凳上，開始沿著露天音樂台的台階跑上跑下。這不是他所渴望的運動，只能稱得上是活動而已。他心想：我褲子裡有螞蟻，更別說我膝蓋上有蜜蜂了。而他並沒有「爬上」階梯，比較像用跳的。他跳了五、六次，然後回到長凳旁，他覺得很有趣，他居然沒有氣喘吁吁，他的脈搏也只有稍微加快一點點而已。

他拿出手機，打電話給老鮑醫生，醫生劈頭就問起他的體重。

「今天早上是九十二點五。」史考特說：「聽著，你有沒有——」

「所以繼續下滑了。你有沒有認真考慮要好好研究一下這件事？因為你掉了快二十公斤，這很嚴重。我在麻州總醫院還有認識的人，我覺得徹頭徹尾的檢查應該花不了你多少錢，他們可能還會出錢研究你。」

「鮑伯，我感覺很好，其實比好還要好，我打電話給你是想問你有沒有去聖豆餐廳吃過。」

電話那端停頓了一下，鮑伯正在消化這忽然轉向的話題。然後他說：「你那同志鄰居開的？沒，還沒。」

史考特皺起眉頭。「你知道嗎？她們的人生重點可能不只有她們的性向而已，只是說說啦。」

「冷靜點。」鮑伯的口氣聽起來有點驚訝。「我沒有冒犯的意思。」

「好啦，只是……中午在佩西那邊遇到一件事。」

「什麼樣的事？」

「為了我的鄰居，有點小爭執，不重要啦。聽著，鮑伯，哪天晚上去聖豆餐廳吃一頓，如何？我請客。」

「你打算哪天去？」

「今晚好嗎？」

「今晚不行，但週五可以，米拉週末要去緬因州的曼徹斯特找她妹，而我毫無廚藝可言。」

「晚餐約會。」史考特說。

「男人的約會。」鮑伯同意。「然後你就會跟我求婚。」

「你這樣會犯重婚罪。」史考特說：「我不會帶壞你的，替我做件事就好，你來訂位。」

「你們還沒解決？」鮑伯的口氣聽起來很感興趣。「別去不是比較好嗎？布里奇頓有間不錯的義大利餐廳。」

「不，我打定主意要吃墨西哥料理。」

老鮑醫生嘆了口氣。「我猜我可以訂位，但如果我聽到的風聲是真的，我想根本沒這個必要。」

＊＊＊

週五，史考特去接鮑伯，因為老鮑醫生已經不在晚上開車了。前往餐廳的路程很短，但足以讓鮑伯向史考特解釋他為什麼要求禮拜五約會的真正原因：他不想跟老婆吵架，她是教會與小鎮委員會的成員，對經營「城堡岩最新美食饗宴」的兩位小姐一點好感也沒有。

「你在說笑。」史考特說。

「不幸的是，並沒有。米拉對多數話題都很開放，但說到性別政治啊……這麼說好了，她從小接受的教養方式就是那樣，如果我不相信老夫老妻互吼有

失尊嚴，那我們可能會為了這種事激烈爭執。」

「你會告訴她，你造訪了城堡岩邪惡的墨西哥素食餐廳嗎？」

「如果她問起我週五晚上吃了什麼，我就會說，不然我什麼也不會提，你也一樣。」

「我也一樣。」史考特說。他駛進一個斜停的停車格。「到啦。鮑伯，謝謝你陪我來，希望這樣能夠讓事情回到正軌。」

* * *

結果並沒有。

蒂兒卓站在領檯，今晚沒有穿洋裝，反而穿了白襯衫跟窄細的黑長褲，展示出那雙令人讚嘆的長腿。老鮑醫生走在史考特前面，她對他微笑，這不是她那雙唇緊閉，揚起眉毛的自以為是笑容，而是專業的歡迎微笑。然後，她看見史考特，笑容立刻收起。她用灰綠色的雙眼冰冷打量他，彷彿他是顯微鏡玻片下的蟲子，然後放低目光，拿起兩本菜單。

「我帶你們去座位。」

她帶著他們前進，史考特欣賞起裝潢來。說蒂兒卓跟蜜西費心裝潢可是客氣了，這裡看起來是愛的結晶，上方的喇叭播放著墨西哥音樂（他覺得這應該是所謂的德哈諾或蘭契菈音樂）。牆壁是淺淺的黃色，灰漿上得很粗獷，看起來像曬乾的泥磚紋路。牆上的玻璃燭台是綠色仙人掌形狀。牆上掛的裝飾有太陽、月亮、兩隻猴子，還有一隻金眼青蛙。用餐的空間是佩西簡餐店的兩倍大，但他只有看到五對客人，及一桌四人的聚會。

「到了。」蒂兒卓說：「希望你們用餐愉快。」

「我相信我們會很愉快。」史考特說：「這裡很不錯，麥孔小姐，我有點希望我們能夠重新來過。妳覺得有這個可能嗎？」

她用平靜的目光望著他，但眼裡絲毫沒有溫暖，「姬娜等等就過來替兩位介紹本店招牌。」

說完，她就離開了。

鮑伯醫生坐好，搖起他的餐巾。「熱敷包，敷在臉頰跟額頭上。」

「什麼東西？」

「凍瘡專用，我相信你受寒了，冷風直撲你的臉。」

在史考特回話前，女服務生出現，看來她是店裡唯一一位服務員。她跟蒂兒卓．麥孔一樣，身穿黑色長褲跟白襯衫。「歡迎來到聖豆餐廳。兩位想要喝點什麼？」

史考特點了可樂，鮑伯選了一杯本店特色葡萄酒，然後戴上眼鏡，仔細望著這位年輕小姐。「妳是姬娜．拉克思豪斯對吧？肯定是。我在城裡開業的時候，妳媽是我的助理，那是上古時期的事情了，妳長得跟她好像。」

她面露微笑。「我現在是姬娜．貝克特了，但沒錯，就是我。」

「真高興見到妳，姬娜，請替我向令堂打聲招呼。」

「會的，她人在新罕布夏州的達斯茅斯—希奇考克醫學中心，我等等就過來介紹我們的招牌。」

她回來的時候，端來了飲料與開胃菜，以相當恭敬的態度把東西擺上桌，真是香死人了。

「這是什麼？」史考特問。

「鮮炸芭蕉片佐莎莎醬，裡頭有大蒜、芫荽、萊姆跟小條的綠辣椒。這是主廚招待。她說這其實比較像古巴料理，而不是墨西哥料理，但她希望你們不會因此不喜歡這道開胃菜。」

姬娜離開後，老鮑醫生面露微笑靠向前。「看來你至少成功搞定在廚房的那位小姐。」

「也許人家喜歡的是你呢，姬娜肯定跟蜜西咬耳朵，說她媽曾在你的血汗診所賣命過。」雖然史考特曉得不是這樣……或該說他以為不是這個原因吧。

鮑伯醫生揚起亂糟糟的白眉毛。「蜜西喔？咱們已經用名字互稱囉？」

「夠啦，醫生，別鬧了。」

「好，只要你別叫我醫生就好。我討厭人家這樣叫我，會讓我想到米爾本・史東（Milburn Stone）。」

「那是哪位？」

「小朋友，回家自己Google。」

他們用餐，吃得相當愉快。雖然沒吃到肉，但還是美味可口的一餐，加了豆泥的安吉拉卷跟玉米餅，顯然不是從超市買來的。他們一邊吃，史考特把那天在佩西簡餐店的爭執說給鮑伯聽，還有以蒂兒卓．麥孔當主角的海報，馬上就會換成比較沒有什麼爭議的一群卡通火雞。他問鮑伯，米拉有沒有參加那個委員會。

「沒，她沒有……但我相信她會贊成這個更動。」

說到這裡，話題又回到史考特的神秘減重問題，更神祕的莫過於他外觀毫無變化。當然，最神秘的是無論他穿戴什麼重物，體重應該會增加……結果卻沒有。

又有客人走進，蒂兒卓穿得像服務生也是有原因的，她也是服務生，至少今晚如此，也許每天晚上都這樣。她一人兼兩差也凸顯了餐廳的經濟狀況。已經開始縮減開銷了。

姬娜問他們想不想點甜點。兩人都婉拒了。「我沒辦法再吃了，但請轉告唐納森小姐，料理太棒了。」史考特說。

老鮑醫生比起兩根拇指。

「她會很開心的。」姬娜說：「我等等送帳單來。」

餐廳很快就空了，只剩幾對客人，喝起餐後的小酒。蒂兒卓詢問正要離開的客人餐點口味如何，且感謝他們光臨。燦爛的微笑。不過，她的笑容沒有投向青蛙掛毯下面的兩位先生，基本上根本沒有朝他們的方向望過。

史考特心想：咱們好像得了瘟疫一樣。

「你確定你沒事嗎？」老鮑醫生問，大概是第十次吧。「沒有心律不整？

沒有頭暈眼花？不會特別口渴？」

「什麼都沒有，差不多是相反的狀況，想聽有趣的事情嗎？」

他告訴鮑伯，他在露天音樂台的階梯跑上跑下，應該說**跳上跳下**，之後，他量脈搏。「不是靜止的心律，但滿低的，一分鐘低於八十下。還有，我雖然不是醫生，但我曉得自己的身體是什麼模樣，而且肌肉都沒有萎縮。」

「還沒而已。」鮑伯說。

「我覺得應該不會。我覺得質量沒有改變，只有跟隨質量的重量不知為何地消失了。」

「史考特，這想法太瘋狂了。」

「我同意，但現實就是如此，地心引力對我的拉力肯定減少了，任誰都會覺得這種事情很歡樂吧？」

在老鮑醫生開口前，姬娜回來了，帶著帳單給史考特簽。他簽好，外加一大筆小費，再次告訴她一切都很棒。

「真是太好了，歡迎再度光臨，多跟朋友宣傳。」她靠向前，壓低聲音說：「我們**真的**很需要客人。」

***

他們離開餐廳時，蒂兒卓·麥孔沒有站在領檯後方，反而出現在餐廳外頭階梯下方的人行道上，遠眺錫橋的紅綠燈。她轉向鮑伯，對他微笑。「不曉得我能不能跟凱利先生借一步說話？只要一下下就好。」

「當然。史考特，我去對面看一下書店的櫥窗，你準備好要走就按喇叭叫我。」

老鮑醫生跨過主街（跟每晚八點一樣，空蕩蕩的，這個鎮很早就休息了），史考特轉身面向蒂兒卓，他發現她很生氣。他原本希望來聖豆餐廳用餐能夠改善一切，結果狀況反而變得更糟。他不明白事情為什麼會走到這步田地，但顯然就是如此。

「麥孔小姐，妳在想什麼？如果還是因為狗——」

「怎麼可能？我們現在已經帶狗去公園了。至少我們嘗試去公園跑步，但牠們的繩子總是纏在一起。」

「妳還是可以在城堡景跑。」他說：「我跟妳說過了，只是要記得把狗便——」

「別管狗了。」那雙灰綠色的雙眼忽然毫無生氣。「那個話題已經結束了，現在**需要**停止的是你的行為，我們不需要你在附近的豬窩替我們講話，重新掀起終於停息下來的話題。」

史考特心想：如果妳覺得那個話題已經平息下來了，那妳還沒仔細去算到底有多少店家願意貼出妳的海報。不過，他說出口的卻是：「佩西那裡才不是什麼豬窩，也許她的食物沒妳們這裡精緻，但至少餐廳很乾淨。」

「乾不乾淨都不是重點。如果需要出頭，我來就可以了，我——我們不需要你擔任護花使者。就一個原因，扮演這種角色你實在有點超齡。」她的目光迅速打量他穿著襯衫的上半身，又說：「另一個原因，你有點太肥了。」

考量到史考特目前的狀況，這句惡言似乎沒有正中紅心，但聽到她講這種話，他感覺到一股酸溜溜的興致，如果她聽到男人說哪個女人有點老又有點肥，不能扮演亞瑟王的王妃關妮薇，她肯定會氣炸吧。

「聽到了。」他說：「知道了。」

他溫和的回應讓她一度不曉得該怎麼反應，彷彿她挑了個軟柿子，結果還沒命中目標一樣。

「麥孔小姐，都講完了嗎？」

「還有一件事，我要你離我妻子遠一點。」

所以她曉得蜜西來找他，現在換史考特猶豫了。蜜西有沒有告訴蒂兒卓是她主動來找史考特的？也許她為了婚姻和諧，說是史考特去找她？如果他多問，也許會給蜜西找麻煩，他並不想這樣。他不是婚姻專家（看他的婚姻就知道），但他覺得餐廳的問題就足以讓這對伴侶的關係相當緊繃。

「好吧。」他說：「現在講完了嗎？」

「講完了。」然後，如同他們第一次見面，在她把門在他面前關上時一樣，她說：「聊得很愉快。」

他看著她走上台階，身穿白襯衫與黑長褲的身軀纖細也敏捷。他可以想像她在露天音樂台的台階上跑上跑下，速度比掉了快二十公斤的他還要迅速，且她的步伐會跟芭蕾舞女伶一樣輕盈。麥可．貝塔拉蒙特是怎麼說的？**迫不及待今年可以跟她一起上路，但我可能不會一直跟在她身邊。**

上帝賜給她一副適合跑步的好身材，史考特向上帝發願，希望她能更熱愛跑步一點。他猜想，在那自以為是的笑容背後，蒂兒卓．麥孔最近並沒有很享受跑步。

「麥孔小姐？」

她轉身，等他開口。

「餐點真的很美味。」

這次沒有笑容，沒有自以為是或客套的笑容。「很好。我猜你已經請姬娜轉告給蜜西了，但我很樂意再告訴她一遍。既然你已經來過了，也證實你站在政治正確的這一邊，你以後為什麼不只去佩西簡餐店就好？我想這樣我們會覺得比較自在。」

她走進餐廳。史考特站在人行道上好一會兒，覺得……什麼？各種情緒混雜在一起，好難說清楚，受到懲罰？有，覺得有點意思？也有，還有一點點不爽？但最主要的還是哀傷。這位小姐並不想接下善意的橄欖枝，而他卻天真地相信每個人都想接受別人的好意。

他心想：老鮑醫生也許說得對，我只是個小朋友。見鬼了，我連米爾本．史東是誰都不知道。

街道靜悄悄，他連短而急促的喇叭都不好意思按一下，所以他穿過街道，走到站在書報角櫥窗前面的鮑伯身旁。

「都搞定啦？」老鮑醫生問。

「不算，她叫我離她老婆遠一點。」

老鮑醫生轉過頭面向他。「那我建議你聽話。」

他開車送鮑伯回家，所幸老鮑醫生沒有繼續耳提面命要史考特去麻州總醫院、梅奧醫院、克里夫蘭醫學中心或太空總署進行檢查。他反而在下車時向史考特道謝，今晚很有趣，繼續保持聯絡。

「我當然會。」史考特說：「我們現在算是在同一條船上了。」

「既然如此，我在想你哪天想不想過來，也許禮拜天吧？米拉還沒回來，我們可以在樓上看新英格蘭愛國者比賽，不用窩在我那地下室破爛巢穴裡。而且，我想替你測量一下尺寸，開始記錄，你覺得可以嗎？」

「球賽可以，量尺寸不成。」史考特說：「至少現在還不要，好嗎？」

「我接受你的決定。」鮑伯醫師說：「這頓晚餐真的很不錯，我一點也不想念吃肉的感覺。」

「我也是。」史考特如是說，但不盡然如此。他到家後，就做了義式臘腸三明治，搭配味道比較強烈的咖啡色芥末醬。之後，他脫個精光，站上浴室體重機。他不肯接受測量，因為他很確定之後醫生每次見面也會想檢測他的肌肉量，這只是史考特的直覺啦，也許是深層的肉體自覺，但感覺相當準確。今天早上量還有九十一，現在，吃了一頓大餐跟扎實的「甜點」後，他來到九十公斤。

速度加快了。

第三章——打賭

十月底的城堡岩相當宜人，日復一日的無雲藍天，氣候溫暖。少數激進政治分子說這叫全球暖化，保守的多數人說這是特別舒適的印第安夏日，很快就會轉變成典型的緬因州冬天，大家都喜歡這種天氣。南瓜擺在門廳，黑貓與骷髏在房子的窗戶上跳舞，小學朝會恰如其分告誡大家，萬聖節當晚，出門要糖果時必須走在人行道上，而且只能接受有包裝的糖果。高中生打扮起來，參加一年一度在體育館舉行的舞會，地方上的「大帳篷」小樂團也為這天改名為「潘尼懷斯與小丑」。

在史考特與鮑伯用餐差不多兩週後，掉體重的速度逐漸加快。他現在到八十一公斤了，總共少了快三十公斤，但他還是感覺良好，健健康康，容光煥發。萬聖節下午，他開車去城堡岩新開的商店街，在連鎖藥房買了一堆糖果，遠超過他需要發送的量。這些日子，城堡景居民的變裝訪客變少了（幾年前，自殺階梯還沒崩塌前比較多），但那些小傢伙沒拿走的，剩下他都會自己吃掉。他現在除了精力充沛外，另一個好處就是他吃再多也不會發福。他懷疑這些脂肪會不會「助長」他的膽固醇，但他曉得應該沒這回事。雖然皮帶上有一圈騙人的肥肚，但他這輩子體能還沒這麼好過，他的心境也比他與諾拉．凱能交往到火熱前還健康得多。

除此之外，他的百貨公司客戶很滿意他的作品，表示他打造出來的一系列網站能夠扭轉他們的實體企業（這點史考特覺得恐怕是個誤會）。他不久前才收到一張面額為五十八萬兩千六百七十四點五美金的支票。存進銀行前，他還先拍照。他坐在緬因小鎮裡，於自家書房工作，現在已經晉升為有錢人了。

後來他又見過蒂兒卓、蜜西兩次，都是距離很遠。她們在公園跑步，阿哥與阿弟繫著繩子，一臉不悅。

史考特從藥房回來，他走上自家步道，然後轉向前院的榆樹。葉片已經轉黃，但多虧了秋天的溫暖，樹葉大多還沒掉落，只在樹梢發出沙沙聲響。最矮的樹枝在他上方約一百八十公分處，看起來像在召喚著他。他放下裝著糖果的袋子，高舉雙手，彎下雙膝，然後向上跳。他輕輕鬆鬆握住樹枝，一年前根本連搆都搆不著。肌肉沒有萎縮，它們還以為自己支撐的是一百一十公斤的男人。他因此想起古早電視畫面，月球表面的太空人進行超大步的跳躍。

他向下跳到草坪上，拿起袋子，前往陽台的階梯。他沒有走上去，他再次屈身，一路跳到門口。

還真輕鬆。

他把裝糖果的大碗擺在門邊，然後前往書房。他打開電腦，沒有打開哪個散落在桌面的工作檔案。他反而點開行事曆，叫出明年的日期。除了表示紅色的假日跟記事外，其餘的日期都是黑字。史考特只有標注一個明年的記事，五月三日。同樣顯示紅色的註記只有兩個字「歸零」。他刪掉這個註記，五月三號恢復成黑色。他選起三月三十一日，在方格上鍵入「歸零」。現在這天感覺起來應該是他體重歸零的日子了，除非速度繼續加快，也許會喔。不過呢，於此同時，他決定要享受人生。史考特覺得這是他欠他自己的。畢竟哪個末期病患能說自己感覺良好？有時，他會想起諾拉在匿名戒酒會聚會結束後說的話：**過去是歷史，未來是個謎**，這話似乎挺符合他現在的狀況。

＊＊＊

他的第一組變裝訪客約在四點抵達，最後一組在天黑後來到。大多都是鬼怪、小精靈、超級英雄跟帝國風暴兵。其中一個孩子很有意思，打扮成藍白相間的郵筒，眼睛從投信的地方看出來。史考特給每個孩子兩個迷你糖果棒，給了郵筒三個，因為他的裝扮最棒，年紀小的孩子有家長陪同，比較晚且獨自前來索糖的孩子年紀都比較大。

最後一組是男孩跟女孩的組合，應該、也許是扮成糖果屋裡的兄妹吧，他們光臨的時候是六點半。史考特多給他們一點糖，這樣他們才不會搗他蛋（大概九、十歲吧，看起來不太會搗蛋），然後問他們還有沒有在附近看到其他人。

「沒了。」男孩說：「我想我們是最後一批了。」他用手肘頂了頂女孩，說：「都是她一直在弄頭髮啦。」

「你們在上面那家拿到什麼？」史考特指了指蒂兒卓跟蜜西的住所。「有什麼好東西嗎？」他忽然想到蜜西也許製作了什麼特別的萬聖節點心，沾巧克力醬的胡蘿蔔條或類似的東西。

小女孩翻了個白眼。「媽媽叫我們不要去那裡，因為她們不是好人。」

「他們是『來吃鱉』。」男孩強調。「爹地說的。」

「啊。」史考特說：「『來吃鱉』啊。我明白了。好了，你們回家小心點，記得走人行道。」

他們提著各自的甜食袋子回家了。史考特關上家門，望著裝糖果的大碗，裡面還有一半，他算算覺得他應該有十六或十八位訪客，真不曉得蒂兒卓跟蜜

西那邊有多少人上門，到底有沒有人去呢？

他前往客廳，打開新聞，看到波特蘭小孩進行不給糖就搗蛋的影片，然後又關掉電視。

他心想：不是好人，爹地說她們是「來吃鱉」。

一個念頭閃過腦海，跟所有酷點子一樣，差不多已經成形，只需要微調跟磨光。酷點子不見得是**好**點子，這當然啦，但他決定要跟著這個點子前進，看看結果如何。

「別客氣。」他說，然後大笑起來。「多吃一點，然後乾涸消失，為什麼要客氣？為什麼他媽的要客氣？」

***

隔天早上九點，史考特手持五元美金鈔票走進城堡岩活動中心，坐在十二公里火雞路跑報名桌後的是麥可·貝塔拉蒙特跟朗尼·布雷格，朗尼就是史考特之前在佩西簡餐店遇到的修路工人。他們身後是體育館，早上有人隨意組起球隊比拚籃球，一隊打赤膊，一隊穿衣服，以此分別敵我。

「嘿，史考特小老弟！」朗尼說：「我的兄弟，你怎麼樣？」

「還不錯。」史考特說：「你呢？」

「讚！」朗尼驚呼：「讚到最高點，雖然他們縮減了我在工程隊的時間。最近禮拜四晚上都沒見你來打牌。」

「朗尼，我在忙工作，大案子。」

「哎啊，你知道，那天在佩西的店……」朗尼一臉尷尬。「兄弟，我真的很抱歉。崔佛．揚特就是個大嘴巴，他亂講話，別人都制止不了他。想叫他閉嘴，鼻子可能會被打爆。」

「沒事啦，都過去了。嘿，麥可，我可以報名這個賽跑嗎？」

「當然。」麥可說：「人愈多愈好。你可以陪我在後面慢慢跑，還有小孩、老人跟胖子。今年還有一位盲人報名，他說他會跟導盲犬一起上路。」

朗尼靠上桌子，拍拍史考特的肚腩。「史考特小老弟，別擔心這個，每三公里會有一個急救站，靠近終點線前每兩公里有一站。如果你氣塞，他們會強制幫你『重開機』。」

「聽了真令人放心。」

史考特付了五塊錢報名費，簽下免責條款，強調城堡岩小鎮在十二公里的賽跑過程中，不會替任何個人造成的意外及醫療問題負責。朗尼用潦草的字跡開了收據，麥可給他路跑地圖跟號碼牌。「開跑前，撕掉後面這張，貼在衣服上。跟工作人員說你是誰，他們替你簽到，然後你就可以上路了。」史考特看了看他的號碼，三百七十一號，距離路跑還有三個多禮拜。他吹了聲口哨。「成果豐碩耶，如果報名的都是大人，那還真不錯。」

「不是全部。」麥可說：「但大部分都是，如果跟去年一樣，最後會有八、九百人一起跑。他們從新英格蘭各地過來跑步。鬼才曉得為什麼，但咱們不怎麼起眼的小火雞路跑似乎成了什麼盛事，我的孩子會說這叫『爆紅』。」

「風景美。」朗尼說：「他們就是為了這個來的。加上山路，特別是杭特丘。當然啦，冠軍還能在小鎮廣場點亮聖誕主燈。」

「沿途都有活動中心擺設的攤位。」麥可說：「就我所知，這才是美景，

我說的可是一堆熱狗、汽水、爆米花跟熱巧克力。」

「但沒有啤酒。」朗尼哀傷地說：「他們今年又不通過了，就跟賭場一樣。」

史考特心想，還有「來吃鱉」，這個鎮也不同意「來吃鱉」的出現，在投票箱裡就是不過。這個鎮的格言應該是：這種事如果不能低調，那你只能轉頭走掉。

「蒂兒卓·麥孔還是會跑嗎？」史考特問。

「噢，當然。」麥可說：「她還得到昔日的號碼，十九號，我們特別留給她的。」

***

史考特去鮑伯跟米拉．艾利斯家吃感恩節大餐，一起出席的還有他們的孩子，他們總共有五個小孩，現在都大了，只有兩家回來，是開車可以到的距離。所有的食物，史考特都吃了雙份，然後他跟小朋友一起在艾利斯家的寬敞後院玩跑來跑去的鬼抓人。

「吃這麼多還跑，他等下會心臟病發。」米拉說。

「我不覺得。」老鮑醫生說：「他準備要參加明天的大路跑。」

「如果那十二公里他不慢慢跑，他肯定會心臟病發。」米拉如是說，望著史考特追著她其中一個哈哈大笑的孫子。「我敢發誓，中年男子腦袋都有問題。」

史考特疲憊、開心地回家，期待明天的火雞路跑。上床前，他站上體重機，發現數字已經掉到六十三點五公斤，他一點也不意外。還沒到一天一公斤的程度，還沒，但距離這速度可能不遠了。他打開電腦，把「歸零日」改成三月十五日。他害怕，不怕也太蠢了，但他也很好奇。還有別的情緒，開心？是嗎？真的耶。大概瘋了，但真的滿開心的，他當然覺得自己很特別。老鮑醫生也許會覺得這麼想真是腦子壞掉，但史考特覺得很正常。不能改變的事情，難過有什麼用？何不擁抱它呢？

＊＊＊

十一月中有股寒流，冷到空地跟草坪都結霜了，但感恩節之後的那個星期五早晨天陰陰的，在這季節算溫暖了。十三頻道的查理·拉普斯帝預報晚點會下雨，也許是大雨，但這話沒有澆熄城堡岩路跑盛事的熱情，參賽者跟觀眾都一樣。

八點四十五分，距離路跑開始還有一個多小時，史考特穿上跑步的舊短褲，走去活動中心，一大群人已經聚集在那裡，大多穿著連帽外套（等到身子暖了，可以順手丟在路旁）。大部分的人都擠在左手邊等著簽到，告示牌寫著「外地選手」。右邊的牌子寫著「城堡岩居民」，只有短短一排人。史考特撕開號碼牌，黏在T恤上，就在他騙人的肥肚上。旁邊高中樂團正在試音。

佩西簡餐店的佩西．丹頓替他簽到，然後帶他前往活動中心最遠端的地區，也就是城堡景小巷開始的地方，路跑的起點。

「身為本地人，你可以在起跑線上作弊。」佩西說：「但大家都覺得這是壞榜樣。你會遇到其他三開頭的人，跟他們一起跑。」她望了望他的肚子。

「再說，你很快就會跟小朋友一起殿後了。」

「會痛耶。」史考特說。

她笑了笑。「真相會傷人，對吧？那些培根漢堡與起司歐姆蛋會回來糾纏你的，如果你開始覺得胸口緊繃，你就要想起這件事。」

史考特走到提早報到的聚集民眾旁，他研究起小小的地圖，路線是條彎彎曲曲的迴圈。第一個三公里在城堡景小巷到一百一十七號公路的地方，半路的標誌在橫跨鮑伊溪的橋上，然後沿著一百一十九號公路前進，跨越省道之後就是班納曼路，第十公里包括杭特丘，有時也稱為「跑者傷心地」。那邊超陡，下雪的時候，小朋友還可以去玩平底雪橇，下坡速度很快，但兩旁用雪築起來的壩堤還算安全。最後兩公里會在城堡岩主街決勝負，兩旁會站滿歡呼群眾，更別說三家波特蘭電視台的攝影機了。

大家聚成一群一群的，有說有笑，喝著熱咖啡或熱巧克力。這個「大家」不包含蒂兒卓．麥孔，她身穿藍色短褲跟雪白的愛迪達運動鞋，看起來高䠷又美麗。她把十九號的號碼牌黏在亮紅色T恤的正面左前方，這樣才不會擋到上衣正面的圖樣，一個恩潘納達餡餅，加上「聖豆餐廳，主街一百四十二號」。

替餐廳打廣告，可以理解……但她真的覺得這樣能夠帶來什麼正面效果嗎？史考特覺得她現在可能已經顧不了這麼多了。她顯然知道「她的」海報換成了比較沒有爭議的畫面，她跟那位帶著導盲犬一起上路的仁兄不一樣（史考特在起跑線附近看到他，正在接受訪問），她眼睛沒瞎。她沒有說聲去你們的，然後拍拍屁股閃人，這點可不讓史考特覺得訝異，他很清楚她為什麼還死撐著，她想給他們一點顏色瞧瞧。

他心想：她當然想。她想打敗他們所有人，男人、女人、小孩，還有帶著德國牧羊犬的盲人。她要整個鎮眼睜睜看著一位「來吃鱉」，還是合法結婚的「來吃鱉」，點亮他們的聖誕樹。

他覺得她知道餐廳撐不下去了，也許她很樂，說不定她迫不及待要離開城堡岩，但沒錯，她還是會撐到她與妻子閃人那一天，讓鎮民保留這種聖誕回憶。她甚至不用發言，只要露出那自以為是的笑容就好。這個笑容說的是，**活生生在你們眼前上演，各位這些眼光狹隘、自以為正直的混蛋，聊得很愉快。**

她正在暖身，先把一腿往後抬，然後握住腳踝，換另一條腿，史考特在飲料區待了一會兒（跑者免費招待，訪客一杯一美金），拿了兩杯咖啡，第二杯也要一塊錢。然後走去找蒂兒卓．麥孔。他對她沒有興趣，什麼浪漫的想法統統沒有，但他畢竟是男人，實在忍不住欣賞起她伸展、轉身時的身段。而她全程都認真地望著天空，天上根本沒什麼好看的，只有灰石色的雲。

他心想：她這是在集中精神，做好準備。也許這不是她最後一次賽跑，但也許是最後一場對她來說有意義的比賽。

「妳好。」他說：「又是我，討人厭的傢伙又來了。」

她放下那隻腿，望著他。笑容又出現了，就跟太陽打東邊出來一樣，完全在預期之中。這是她的盔甲。在這層面具背後的人也許受過傷，也許很生氣，但她不會讓這個世界的人看見。也許只有蜜西見過吧，說到這個，今早沒看見蜜西啊。

「哎啊，凱利先生。」她說：「貼了號碼牌，還有個肚子呢，我覺得這肚子有點太大了。」

「拍馬屁對妳沒好處。」他說：「而且，嘿，說不定底下塞了枕頭呢，只是我帶出門唬人用的。」他拿起一個紙杯，問：「喝咖啡嗎？」

「不喝，我早上六點吃了麥片跟半個葡萄柚，之後要到半途才會進食。我會停在攤位前面，喝點蔓越莓汁。好了，失陪，我要繼續伸展跟冥想了。」

「給我一分鐘就好。」史考特說：「我不是特別過來請妳喝咖啡的，我曉得妳不會喝。我是來跟妳打賭的。」

她原本用左手握住右腿腳踝，想把腿往後拉。現在她放下腿，用他彷彿頭上長出一根犄角的眼神望著他。「你到底在講什麼？我覺得你的努力……我不知道……我並不喜歡你**迎合**我，還要我講多少遍？」

「迎合跟想要成為朋友完全是兩回事，我覺得妳明白這點。如果妳沒有一直處在防禦狀態，妳就會明白。」

「我**沒有**——」

「但我相信妳有理由武裝自己，咱們別爭這種語義學的問題，我要跟妳打的賭很簡單。如果今天妳贏，我再也不來煩妳，這包括抱怨妳家的狗，想在城堡岩放狗就放吧，如果牠們在我家草坪拉屎，我自己清，一句怨言也不會有。」

她用不敢置信的眼神看他。「**如果**我贏？如果？」

他沒搭理她，繼續說：「話說回來，如果今天贏的人是我，妳跟蜜西就要來我家吃飯，**蔬食**晚餐，我認真的時候，廚藝還不錯。咱們好好坐下來，喝點小酒，談天說地，有點算是破冰，至少試試看。我們不用成為好兄弟，我沒有這種期待，要扭轉僵化的腦袋可不簡單——」

「我的腦袋**沒有**僵化！」

「但也許我們能夠成為真正的鄰居，我可以去妳們家借點糖，妳們可以跟我借奶油，諸如此類的。如果我們都沒有贏，那就算平手，事情繼續依照現況發展。」

他心想：直到妳的餐廳關門大吉，兩位閃人為止。

「讓我確認一下我剛剛聽到了什麼，你是在賭今天能夠跑贏我？凱利先生，讓我老實說。你的身材說明了你是典型過太爽、沒在運動的美國男性。如果你逼自己逼過頭，你要嘛就會腿抽筋、背拉傷或心臟病發。你今天贏不了我，**沒有人**能贏得了我。現在請你走開，我要完成我的暖身。」

「好啊。」史考特說：「我明白，妳就是不敢打賭，我就知道。」

她原本抬起另一條腿，現在這腿又回到地上了。「我的媽啊，老天爺幫幫忙，行，賭了，現在別再煩我了。」

史考特笑著伸出手。「咱們必須握手講定，這樣如果妳退出，我才能說妳是個騙子，然後妳還得吞下去。」

她不屑地哼了一聲，但用力握了他的手一下，而他一度在短暫的瞬間，一閃而過的瞬間，看到淺淺的真誠笑容。只有微微的，但他猜想，如果她露出燦爛的笑容，肯定很美。

「太好了。」他說，然後加了一句：「聊得很愉快。」他轉身要走，回到三字頭的起跑區。

「凱利先生。」

他轉過頭來。

「這對你來說為什麼這麼重要？是因為我——**我們**不知怎麼著威脅了你的男子氣概嗎？」

他心想：不，因為我明年就要死了，我想至少做對一件事。不可能是我的婚姻，那已經沒救了，也不可能是百貨公司的網站，因為那些人不懂，他們的

商店根本是汽車年代的馬車工廠啊！

但這些話他沒說出口。她不會明白。她怎麼可能明白，因為連他自己也不是很清楚啊。

「反正就是這樣。」他終於說出口。

他以這句話作為這場對話的結束。

第四章——火雞路跑

九點十分，只有稍微延誤一點點，達斯帝．考夫林鎮長站在延伸了將近四百公尺的八百多位參賽選手前。他一手拿著起步槍，一手拿著裝電池的大聲公。兩位數以內的選手，包括蒂兒卓．麥孔，都在最前面。史考特在三開頭的位置，周圍的男男女女都在甩動雙手、深呼吸，吃完最後幾口能量棒，這邊很多人他都認識，他左邊正在調整綠色頭帶的小姐是附近家具店的老闆。

「米莉，祝妳好運。」他說。

她對他笑了笑，豎起拇指。「你也是。」

考夫林拿起大聲公。「歡迎來到四十五屆火雞路跑！各位準備好了嗎！」

跑者大喊贊同。一名高中樂團的成員用他的小號華麗地吹了一聲。

「好！各位選手，各就各位……預備……」

鎮長臉上掛著燦爛的政客笑容，高舉起跑槍，扣下扳機。槍聲似乎迴盪在低低的雲層上。

「開跑！」

前方的選手順暢出發。蒂兒卓的亮紅色T恤很好認。後面的人全擠在一起，起步得比較不順。兩位選手跌倒，需要攙扶。有人撞了米莉．傑可布一下，她撞到前方兩名穿著單車短褲、鴨舌帽反戴的年輕人。史考特拉住她的手臂，讓她穩住腳步。

「謝了。」她說：「這是我第四次跑，每次起步都這樣，彷彿搖滾演唱會開門讓觀眾入場的時候。」

兩名單車短褲男看到空隙，立刻經過麥可．貝塔拉蒙特跟三個跑得有說有笑的姑娘身邊。他們一前一後往前跑去。

史考特跑到麥可身邊，向他揮揮手。麥可迅速伸手向他致敬，然後拍拍左胸膛，比了個十字架。

史考特心想：大家都覺得我會心臟病發。你以為讓我減輕體重的怪現象能夠讓我至少看起來稍微瘦一點，不，沒這回事。

米莉．傑可布對他歪嘴一笑（諾拉向她買過餐桌組）。「大概前半小時還滿有趣的，然後就要命了，差不多到了八公里的時候就要死了。如果你能撐到那個時候，你也許能夠『重振雄風』，恢復一點，有時就會這樣啦。」

「有時喔？」史考特說。

「對。希望我今年辦得到。我希望能跑完全程。我只有一次跑完過。史考特，見到你真高興。」說完，她就加快腳步，超過他了。

等到他經過他在城堡景小巷的住家時，眾選手這才慢慢散開，他比較有跑步的空間了。他的步伐相當穩健，是輕鬆又不是很慢的慢跑。他曉得第一公里根本還沒開始測驗他的精力，因為這是下坡路段，到目前為止，米莉說得沒錯，還滿有趣的。他呼吸順暢，感覺不錯。現在這樣就夠了。

他超越幾名選手，但只有幾個，更多人超過他，有人從五百多號、六百多號跑來，甚至還有一個飛毛腿T恤上貼著七百二十一號。這誇張的傢伙帽子上還有一個會轉動的陀螺。史考特不急，至少還沒開始。每到筆直路段，他都看得見蒂兒卓，差不多在前方三百六十公尺的位置。紅T恤跟藍短褲實在很難錯過。她跑得很輕鬆，她前面至少還有十幾、二十幾個人，史考特並不訝異。這不是她第一次上路，她跟多數沒經驗的跑者不同，她肯定有精心考慮的策略。

史考特猜測她應該會讓其他人領先，直到第八、第九公里時，才會一一超越他們，說不定到杭特丘之前，她都不會領先呢。她甚至可以等到市區才最後衝刺，這樣也太刺激了，他覺得應該不至於，她還想贏啊。

他感覺到雙腳的輕盈、雙腿的力量，一再抵抗想要加速的衝動。他告訴自己：只要看得到紅T恤就好。她曉得她在做什麼，所以讓她帶領你前進。

史考特在城堡景小巷與一百一十七號公路的交叉口經過了橘色的小小路牌：三公里。前面是穿著單車短褲的兩名男子，一左一右沿著馬路中間的黃線前進。他們超過兩名青少年，史考特也是。青少年看起來體格不錯，但已經氣喘吁吁。史考特領先時，聽到一個青少年說：「咱們要讓老肥仔超車？」

青少年加快腳步，一左一右超越史考特，兩人都更喘了。

其中一人上氣不接下氣地說：「掰了，我以後不想跟你一樣！」

「加油，繼續努力。」史考特面露微笑。

他輕鬆前進，大大的步子吞沒道路。呼吸還可以，心跳也是，為什麼不呢？他比外表瘦了將近五十公斤，這只有解釋一半。另一半的原因是他的肌肉還是支撐一百一十公斤大男人的肌肉。

一百一十七公路會轉兩個彎，然後沿著鮑伊溪筆直前進，溪水打在淺淺的石頭溪床上。史考特覺得這聲音從來沒有這麼悅耳過，深吸入肺葉的水霧空氣從來沒有這麼清新過，道路另一側的大松樹也從來沒有這麼美過。他聞得到松樹的味道，濃烈、燦爛、甚至有點綠的味道。每一次呼吸都比上一口更深，而他依舊要自己慢慢跑。

他心想：我真慶幸今天我還活著。

就橫跨溪水的廊橋外頭，橋色路牌宣布「六公里」，後面有另一個牌子，寫著「離家只剩一半路程！」，廊橋裡面隆隆的腳步聲就史考特聽來，彷彿跟吉恩克魯帕搖擺樂團（Gene Krupa）的擊鼓一樣美妙。橋天花板下的燕子受驚，到處亂飛，有一隻還撲上他的臉，翅膀在他眉毛上亂拍，他大笑起來。

遠處有個單車短褲男坐在圍欄旁邊，上氣不接下氣，按摩抽筋的小腿。史考特跟其他人經過的時候，他都沒有抬頭。在一百一十七號公路跟一百一十九號公路的交叉口，參賽者聚集在休息區，用免洗紙杯喝水、喝運動飲料、喝蔓越莓汁，然後繼續上路。八、九個人在前六公里就累爆了，現在癱在草地上。史考特很高興看到崔佛・揚特也在這群人的行列裡，他就是在佩西簡餐店跟史考特起衝突的短脖子工人。

他經過一個招牌，上頭寫著「城堡岩鎮界」，這裡就是一一九號公路連結班納曼路的地方，班納曼路是以這裡執勤最久的治安官所命名的，但他運氣

不好，在鎮上的小路裡遭逢不幸[2]。該加把勁了，史考特經過八公里的橘色看板，他從一檔換到二檔。沒問題。天氣涼涼的，在他溫暖的皮膚上感覺挺不錯，很像是碰觸到絲綢一樣，他也喜歡胸膛裡那堅定的小引擎——心臟目前的感覺。現在道路兩旁都有房舍，大家站在草坪上，高舉標語、拍照。

米莉．傑可布又出現了，她還在，但速度放得很慢，她的頭帶已經被汗水染成深綠色。

「米莉，妳的『重振雄風』怎麼樣啦？開始了沒？」

她轉頭看著他，一臉不敢置信。「老天，真……不敢相信是你。」她氣喘吁吁地說：「我以為我……早甩掉你了。」

2. 譯註：這裡指的是喬治．班納曼，他最後在史蒂芬．金的《狂犬庫丘》（Cujo）中被發狂的聖伯納狗咬死。

「我還有點力。」史考特說：「米莉，現在別放棄，精采的正要開始。」然後她就在他後頭了。

道路開始往上，平緩，但開始上坡了，史考特開始超越更多人，這些人不是放棄，就是開始拖著腳步掙扎。拖著腳步掙扎的還有先前被他「超車」的兩名青少年，當時他們很不滿，身穿老舊網球短褲跟破爛運動鞋的中年肥仔居然一度超越他們，現在他們用同樣詫異的神情看著他。史考特歡快微笑：「掰了，不想跟你們一樣。」

其中一個男孩對他豎起中指。史考特給了他一記飛吻，然後讓他們看他破爛運動鞋的鞋跟。

＊＊＊

隨著史考特進入第九公里，一陣響雷從西邊的天空打向東邊。

他心想：這可不妙，十一月的雷打在路易西安那州也就算了，打在緬因可真不妙。他繞過彎道，向左轉閃過一名上了年紀的纖瘦男子，他們一起並行前進，男子緊握雙拳，壓在胸前，頭向後仰。他的汗衫露出白白的手臂，上頭都是歷史悠久的刺青。他露出瘋癲的笑容。「聽到雷聲沒？」

「聽到了！」

「要下大雨囉！是不是很會挑日子？」

「超會！」史考特大笑起來。「獨一無二的好日子！」說完他繼續前進，當然是在老傢伙拍了他屁股一下之後才前進。

路變窄了，史考特看到紅T恤、藍短褲已經在杭特丘的半山腰了，那裡又稱跑者傷心地。他只看到五、六個人在蒂兒卓前面。也許丘頂上還有人啦，但史考特懷疑應該沒有。

該切換到高速模式了。

他加快速度，現在已經加入認真跑者的行列，這些身材細瘦的傢伙。不過，他們之中也有人開始放慢速度，替上坡儲備體力。他看到他們不敢置信的目光，身穿汗濕T恤的大肚腩中年男先是在他們之間繞來繞去前進，然後拋下他們。

在杭特丘的半山腰，史考特的呼吸開始變得短急，進出的氣息開始變得炙熱，帶有銅的味道。他的雙腿不再輕盈，小腿痠得要命。他的左側鼠蹊部隱隱作痛，彷彿是那邊拉傷了。後半段的上坡彷彿永無止盡。他想起米莉的話：一開始很有趣，然後要命，接著要死了。他現在是要命還是要死？他覺得應該在中間吧？

他從來沒有覺得他能打敗蒂兒卓．麥孔（雖然他的確幻想過這種事），但他還以為自己也許最後能跑進前幾名，畢竟先前支持他沉重身軀的肌肉量足以帶領他度過難關。

現在，他開始懷疑這點，同一時間他又超過兩名放棄的參賽者，一人低頭坐著，另一人躺在地上，喘著大氣。

他心想：也許我還是太重了，我可能不是跑步的料。

然後又是一聲雷響。

因為杭特丘的頂端似乎沒有變近的感覺，他決定低頭看地面，看著嵌在柏油裡的碎石飛掠而過，彷彿是科幻電影裡的銀河一樣。他抬頭，這才沒撞上一個紅髮女性，她站在中央黃線上，一腳一邊，她彎腰扶著膝蓋，喘著大氣。史考特閃過她身邊，發現丘頂就在六十公尺不到的地方，還有一個橘色路牌，上頭寫著：十公里。他的目光放在路牌上，繼續前進，現在他不只是氣喘吁吁，他還喘得很吃力，感覺得到這四十二歲年紀每一口的呼吸。他的左膝開始抱怨，跟他鼠蹊部開始同步抽痛。汗如雨下，還是溫熱的雨。

你會成功的，**你辦得到**，再辛苦也不成問題。

當然不成問題！如果今天就是歸零日，而不是二月、三月，你肯定辦得到。

他經過路牌，爬上丘頂。右邊是普狄伐木場，左邊是普狄工具行，再兩公里就好。他看到下坡就是市區，道路兩邊有二十多間店，統統掛著旗幟，天主教教堂跟循道宗的教會遙遙相望，彷佛是神聖的槍客。斜停的停車場（統統停滿了），擠滿人的人行道，還有鎮上的兩座紅綠燈。第二座的後方就是錫橋，懸掛的亮黃色終點線上有火雞裝飾。史考特看到前面只剩六、七位選手。紅T恤暫居第二，但正追上與領頭羊的距離。蒂兒卓要開始衝刺了。

史考特心想：我永遠也趕不上她。她領先太多了。那該死的山丘沒累死我，但也讓我吃盡苦頭。

然後，他的肺好像又打開了，每一口氣都能吸得比之前更深。他的運動鞋（不是白到發亮的愛迪達，只是破爛的老Puma）似乎擺脫了先前的千斤重。身體的輕盈回來了。這就是米莉所謂的「重振雄風」，而蒂兒卓這種專業跑步人士無疑會稱此為「跑者愉悅感」。史考特比較喜歡這個說法。他想起那天在院子裡，他彎曲雙膝，向上跳，握住樹枝的時候。他想起在露天音樂台的階梯上跳上跳下。他想起在自家廚房裡跳舞，而史提夫・汪達唱著〈迷信〉那首歌。都一樣，不是風，甚至不是愉悅感，而是一種飄浮。這種感覺讓你超越自我，而且可以繼續前進。

跑下杭特丘，左手邊是奧雷伊溪，另一邊是佐尼便利商店，他超越一個又一個選手，已經甩掉四個人了。他不曉得也不在乎他們是否在他經過時傻眼瞪著他的身影。他所有的注意力都聚焦在紅上衣、藍短褲上。

蒂兒卓領先了。她一超前，天邊又打響好幾聲雷（這是上帝的起跑鳴槍），史考特感覺到第一滴冰冷的雨打在他的後頸上，然後又一滴在他手臂上。他低頭，看到更多一顆一顆美分大小的雨滴打在馬路上，把道路打成深色。雖然距離終點跟市區人行道還有一公里多的路程，但現在主街兩旁都站滿群眾。史考特看到一把一把雨傘跟開花一樣打開，真是太美了，一切都很美，轉黑的天，馬路裡的石子，宣告火雞路跑最後一公里的橘色路標，整個世界向前邁進。

他前方有一名選手忽然跑離馬路，整個人跪在地上，然後翻身仰躺，抬頭望雨，嘴巴大開，形成一個痛苦的神情，現在只剩兩人擋在他與蒂兒卓之間。

史考特跑過最後一公里的橘色路牌，只剩一公里了，他已經從一檔換到二檔，現在，已經抵達市區人行道，兩旁群眾歡呼吶喊，有人揮舞起火雞路跑的旗幟，已經到了檢視他不只有第三檔，而是有沒有超速檔的時刻了。

他心想：你這混帳東西快加把勁，快衝起來。

雨勢似乎停頓了一會兒，時間長到讓史考特以為雨要等到比賽完才會繼續下，結果就開始傾盆大雨，把群眾趕進雨棚與建築門邊。可見度降到兩成、一成，然後幾乎看不清楚了。史考特覺得冰冷的雨水相當舒服，稱得上是恩典。

他超越一位選手，然後又超過另一個。第二位選手是原本的領頭羊，蒂兒卓超前的對象。他已經放慢到行走的速度，低頭走在泥濘的街道上，雙手扠腰，濕答答的T恤黏在身上。

透過大雨，史考特在前方看到紅色T恤。他覺得自己還有足夠的力氣追上她，但早在他趕上前，比賽可能就結束了。主街上的紅綠燈消失了，錫橋也不見了，靠近終點的黃色膠帶也看不到了。現在只有他跟蒂兒卓，他們一起在視線不佳的洪荒大雨中瞎跑，而史考特這輩子沒有這麼開心過。用開心這種字眼可能太溫和了，看，他探索到自己精力的極限盡頭，這是一個全新境界。

他心想，一切都通往這裡，抵達這種飄飄然的飄浮感。如果死亡的感覺就是如此，那每個人都該慶幸最後會走上這條路。

他已經近到看得見蒂兒卓．麥孔轉頭了，她轉頭時，濕答答的馬尾跟死魚一樣在她肩上甩動。當她看到想要超前的人是誰時，她睜大了雙眼。她轉向前

方，低著頭，加快腳步。

史考特一開始跟她同樣步伐，然後開始追趕。持續逼近，持續逼近，現在已經近到伸手就能摸到她濕答答的上衣，看得見透明的小溪從她後頸流下。甚至能夠在隆隆雨聲中，聽見她大過雨聲的喘息。他只看得到她，看不見他們經過的兩旁建築，或最後一座紅綠燈，或橋。上了主街之後，他就失去所有的感官，沒有地標帶領他，他唯一的路標就是紅色T恤。

她再次轉頭，這下鑄下大錯。她的左腳踢到右腳踝，她雙手伸向前，整個人往前摔，呈現衝浪姿態，如同游泳池畔肚子先下水的小孩子，水花往兩旁濺開，他聽到她洩氣的哀鳴。

史考特跑向她，停下腳步彎腰。她扭動一隻手，抬頭看他，她的臉上充滿痛苦的憤怒與受傷的神情。「你怎麼作弊？」她氣喘吁吁地說：「你他媽的，你怎麼作——」

他拉著她。閃光打過，短暫的強光讓他面露難色。「來吧！」他用另一隻手攬著她的腰，把她拉起來。

她睜大雙眼，然後是另一陣閃光。「噢，我的天啊，你幹了什麼？**我怎麼了**？」

他沒搭理她，她雙腿踏動，但沒有踩在現在流著兩公分高雨水的街道上，她是在空中踢腿。他曉得她怎麼了，他相信這真是太神奇了，但神奇的狀況沒有發生在他身上，她覺得自己變輕了，也許不只變輕，但對他來說很重，這精瘦的身軀滿是肌肉跟肌腱。他放開手，他還是看不見錫橋，但他依稀看得見黃色的終點線。

他指著終點線大喊：「**跑**！快點！」

她聽話前進，他跟在她後頭，她突破終點線。閃光再次打下。他跟在後頭，在雨中高舉雙手，跑到錫橋另一端才放慢腳步，他發現她正要倒在地上，他則倒在她旁邊，兩人氣喘吁吁，想要換口氣，但空氣裡感覺大多是液體。

她望著他，雨水跟汗水一樣沿著她的臉流下。

「剛剛怎麼了？老天啊，你把手搭在我身上，我好像沒了重量一樣！」

史考特想到他第一次去見老鮑醫生的時候，他在大外套口袋裡塞了一堆硬幣。他想起拿著兩個十公斤的啞鈴站在浴室體重機上。

「妳辦到了。」他說。

「蒂蒂！蒂蒂！」

蜜西向他們跑來，她張開雙臂。蒂兒卓連忙起身，擁抱她的妻子。她們沒站穩，差點要跌倒。史考特伸手打算接住她們，但他還沒有碰觸到她們，又是一陣閃光。

然後群眾也跑了過來，城堡岩居民環繞著他們，在雨中鼓掌。

第五章——比賽過後

這天傍晚，史考特躺在浴缸裡，把水調到他能接受的最燙水溫，想要撫慰他痠痛的肌肉。手機開始響的時候，他在浴缸旁邊擺放乾淨衣物的凳子上摸索，心想：我真是擺脫不掉這玩意兒。「喂？」

「凱利先生，我是蒂兒卓．麥孔，我們該約哪天晚上吃飯？下週一可以，因為餐廳週一晚上休息。」

史考特面露微笑。「麥孔小姐，我覺得妳誤會我們的打賭了。妳贏了，妳可以永遠放任妳家狗狗來我家草坪自由拉屎了。」

「我們都曉得事實並非如此。」她說：「明明就是你讓步。」

「妳值得冠軍。」

她大笑起來，這是他第一次聽見她的笑聲，相當迷人。「我高中的跑步教練如果聽到這種話，他肯定會扯掉自己的頭髮。他說過，你值得怎麼樣跟實際的結果無關，不過，如果你願意邀請我們過去吃飯，那我就承認我贏。」

「那我要整頓我的素食廚藝了。下禮拜一可以，但妳要帶妳太太一起過來，七點左右，如何？」

「七點可以，她不會錯過的。然後……」她猶豫了一下，又說：「我想替我說的話道歉，我知道你沒有作弊。」

「不用道歉。」史考特如是說，他是認真的。因為，某種程度上來說，他的確作弊了，雖然是不由自主的。

「如果不為那句話，那我也要為我對待你的方式道歉，我可以找理由辯解，但蜜西說不行，她應該是對的，我的某些……態度……很難改。」

他不曉得該說什麼，於是改變話題。「妳們對麥麩過敏嗎？乳糖不耐？有的話跟我說一聲，這樣我才不會弄出什麼妳或蜜西——唐納森小姐——不能吃的東西。」

她再次大笑。「我們只有不吃肉跟魚而已。其他都能上桌。」

「甚至雞蛋？」

「甚至雞蛋，凱利先生。」

「史考特，叫我史考特。」

「我會的，而我是蒂兒卓，或蒂蒂，跟狗狗阿弟別搞混了。」她猶豫了一下，又說：「我們上你家吃飯，你可以解釋在你拉我起來的時候發生了什麼事嗎？我跑步的時候有過神秘的感覺，神秘的感官，每個跑者都會告訴你同樣的——」

「我自己也感受過。」史考特說：「從杭特丘開始，事情變得很……怪。」

「但我從來沒有那種感受過，我一度覺得自己是在太空站還是什麼地方一樣。」

「對，我能解釋，但我想邀請我的朋友艾利斯醫生一起來，他知道這個狀況，還有他老婆，如果她有時間的話。」史考特沒說出口的是，如果她肯來的話。

「行，那就下禮拜一見了。噢，記得看《先驅報》。報紙當然要明天才會出刊，但網路上看得到了。」

史考特心想：當然啦，在二十一世紀，紙本報紙也是另一座馬車工廠。

「會的。」

「你覺得最後那是閃電嗎？」

「對。」史考特如是說。不然呢？閃電加打雷就跟花生醬加果醬一樣天經地義啊。

「我也這麼想。」蒂蒂・麥孔如是說。

＊＊＊

他穿好衣服，打開電腦。《先驅報》網站首頁就看得到報導，他相信這則新聞會登上週六頭版，也許在上半部，擋住世界的其他新危機。標題寫著：「本地餐館老闆贏得城堡岩火雞路跑冠軍」。根據這篇報導，這是自一九八九年來，首次由鎮民贏得冠軍。線上新聞有兩張照片，史考特猜週六的紙本報紙應該會有更多照片，原來最後那不是閃電，而是報社攝影師，雖然雨下得很大，但他還是拍到了非常清晰的畫面。

第一張是蒂兒卓跟史考特的照片，錫橋紅綠燈是一團模糊的背景，這意味著她肯定是在距離終點線不到六十五公尺的地方跌倒。他的手臂攬著她的腰。她馬尾散落，頭髮黏在臉上。她用疲憊的驚嘆目光抬頭望著他。他則低頭看著她……面露微笑。

圖標寫著「所幸朋友助她一臂之力」，下方又寫著：蒂兒卓．麥孔在終點線前的濕滑馬路上滑倒，同樣是城堡岩居民的史考特．凱利停下腳步攙扶。

第二張照片的標題是「勝利的擁抱」，照片裡有三個人名：蒂兒卓．麥孔、蜜西．唐納森跟史考特．凱利。蒂兒卓跟蜜西擁抱，雖然史考特沒有碰到她們，只有張開雙臂，出於本能，想接住快要跌倒的兩位女性，但看起來也像是要加入擁抱一樣。

詳細的文字寫到蒂兒卓．麥孔與她「伴侶」經營的餐廳，然後引述了報紙八月份的評論，說她們的食物是「不容錯過的德墨風格素食饗宴，值得造訪」。

史考特坐在桌機前面，威威滴喵坐在平常的位置，蹲在邊桌上，用高深莫測的綠色雙眼望著牠的人類寵物。

「告訴你，威威。」史考特說：「如果這種報導還不能帶來生意，我不曉得還有什麼能。」

他回到浴室，站在體重機上。數字並不讓他訝異。他的體重來到六十二公斤。也許是因為一整天的辛勞，但他不這麼想。他相信跑步（以及最後的超車檔）提升了他的新陳代謝，讓減重過程加快了。

感覺歸零日可能會比他預期得還要早好幾個禮拜。

***

米拉・艾利斯跟丈夫一起出席。她一開始很害羞，可以說是怯懦，蜜西・唐納森也是，但在皮諾葡萄酒下肚後（史考特還搭配了起司、餅乾跟橄欖），兩位小姐都放鬆了一點。然後，真是奇蹟，她們發現彼此對真菌的熱愛，結果整頓飯都在聽她們聊可食用的真菌。

「妳好了解它們！」米拉驚呼：「我可以請問妳有沒有上過廚藝學校嗎？」

「有喔。我認識蒂蒂之後，但在我們結婚前，我在ICE讀過，那是——」

「紐約的廚藝訓練學校（Institute of Culinary Education）！」米拉驚訝地說。餅乾屑噴到她的絲質皺摺罩衫上，但她毫不在乎。「超有名的！噢，我的

天啊，我好羨慕！」

蒂兒卓面露微笑望著她們，老鮑醫生也是，這樣很好。

史考特今天早上在附近的超市度過，諾拉留下的《烹調樂趣》一書立在購物車的兒童座椅上。他到處發問，研究也有所成果，通常都會有成果啦。他做了弗羅倫斯時蔬千層麵佐三角大蒜吐司。他很滿意但不訝異望著蒂兒卓一口氣吃了三大塊千層麵，她還處在跑後模式，必須吃下大量碳水化合物。

「甜點是店裡買的磅蛋糕。」史考特說：「但巧克力鮮奶油是我自己打的。」

「長大後我就沒吃過了。」老鮑醫生說：「我媽會在特殊場合做，我們小孩都說那是巧巧鮮奶油。史考特，端上來吧！」

「配奇揚地紅酒。」史考特說。

蒂兒卓鼓掌。她滿臉通紅，雙眼炯炯有神，這位小姐的身體顯然處在最好的運作狀態。「那也端上來！」

這頓飯吃得愉快，這是諾拉翹頭後，他第一次妥善運用廚房裡的東西。他看他們用餐，聽他們交談，這才發現家裡只有他跟威威出沒實在好空盪啊。

五個人分食磅蛋糕。史考特開始收拾碗盤時，米拉跟蜜西起身。米拉說：「你都煮了，讓我們來收吧。」

「不用啦，女士。」史考特說：「我只是要把東西堆在檯子上，然後晚點打開洗碗機而已。」

他把甜點碟拿進廚房，堆在檯子上。他轉身，看到蒂兒卓站在一旁，面露微笑。

「如果你要找工作，蜜西正在找二廚。」

「我覺得我跟不上她。」史考特說：「但我會放在心上，週末生意如何？如果蜜西需要找人，那肯定不錯。」

「訂滿了。」她說：「全部都訂滿了。很多外地人，但也有城堡岩的人，我沒見過的人，至少不是這一區的人。接下來九、十天也都訂滿了。感覺好像重新開張，人家跑來看看你有幾兩重。如果手藝不好，甚至只是『堪吃』，那多數人不會再度光臨。不過，蜜西的手藝遠超過堪吃，客人會回來的。」

「贏得比賽真的不一樣了吧？」

「不一樣的是那張照片，沒有你，那張照片就是一個男人婆贏得路跑而已，算什麼大消息？」

「妳對自己太嚴苛了。」

她帶著微笑搖搖頭。「我可不這麼覺得。大男孩，站好，我要來抱你一下。」

她走向前。史考特後退，舉起雙手，手掌擋在前面，她臉色一沉。

「不是妳的關係。」他說：「相信我，我也很想擁抱妳。應該的，但可能不安全。」

蜜西此時站在廚房門口，手指握著酒杯。「怎麼了，史考特？你的身體怎麼了嗎？」

他笑了笑。「可以這麼說。」

老鮑醫生加入兩位女性的行列。「你要告訴她們嗎？」

「要。」史考特說：「咱們去客廳吧。」

＊＊＊

他把狀況統統講給他們聽。鬆口氣的感覺太明顯了。米拉只有露出不解的神情，彷彿她還沒辦法消化這個訊息一樣，但蜜西不敢相信。

「不可能。體重減輕，體型也會跟著改變，事實就是如此。」

史考特猶豫了一下，然後走去她跟蒂兒卓坐的沙發旁邊。「手給我，一下下就好。」

她毫不猶豫伸出手，非常信任。他告訴自己，這樣應該沒關係吧？希望是真的。畢竟蒂兒卓跌倒的時候，他也拉了她一把，她還不是好好的？

他握住蜜西的手，使勁一拉，她從沙發上飛了起來，頭髮在她身後發散開來，她睜大雙眼。他在她撞上來前穩住她，讓她往上飄，往下拉，然後後退。

他的手一離開，重量回到她的身體，她的膝蓋才開始彎曲負重。然後她站起身子，詫異地望著他。

「你……我……老天啊！」

「那是什麼感覺？」老鮑醫生問。他雙眼有神，從椅子上向前靠。「快告訴我！」

「那是……呃……我覺得我說不清楚。」

「試試看。」他催促著。

「感覺很像在坐雲霄飛車，爬升到第一個陡坡，然後開始向下俯衝，我的胃都翻起來了……」她顫抖大笑，持續盯著史考特。「**所有的東西**都翻起來了。」

「我跟威威試過。」史考特說，朝正在磚頭壁爐上伸懶腰的貓咪點點頭。

「牠嚇壞了，急著想往下跳，一邊飄還抓花我的手，威威從來沒有抓過我。」

「你握的東西都會失去重量？」蒂兒卓問：「是這樣嗎？」

史考特思索了一下。他經常思索這個問題，彷彿在他身上發生的一切不只是一種現象，而是某種細菌或病毒造成的結果。

「有生命的東西會變得沒有重量，至少對他們來說沒有，但——」

「重量會加諸在你身上。」

「對。」

「但其他的東西呢？沒有生命的物品？」

「我一拿起來……或穿戴起來……就沒有重量了。」他聳聳肩。

「怎麼可能？」米拉問：「這種事怎麼可能？」她望向她丈夫。「你懂這是怎麼回事嗎？」

他搖搖頭。

「這是怎麼開始的？」蒂兒卓問：「原因是什麼？」

「不曉得。我甚至不曉得是什麼時候開始的，因為我沒有量體重的習慣，一直到開始掉體重我才注意到。」

「你在廚房的時候說這不安全。」

「我是說可能不安全。我不能確定，但這種忽然失重的狀態也許會搞亂你的心臟……血壓……大腦功能……誰知道呢？」

「太空人就處於失重的狀態。」蜜西提出反對看法。「或至少是幾乎沒有重力的狀態，我猜那些繞行地球軌道的太空人應該還是有受到一些地心引力的拉扯，還有那些在月球漫步的人。」

「不只如此，對嗎？」蒂兒卓說：「你擔心這會傳染。」

史考特點點頭。「我的確想過這點。」

大家一度沉默不語，他們還要消化這難以消化的消息，然後蜜西開口：「你必須去醫院！你必須檢查！讓醫師……了解這種問題的醫生……」

她沒說下去，她明白，天底下沒有任何醫生了解這種問題。

「他們也許有辦法逆轉。」她終於開口，然後望著鮑伯。「你是醫生，你快勸勸他！」

「講過了。」老鮑醫生說：「很多次囉，史考特都拒絕了。起初，我覺得他是有什麼問題，腦子的問題，但我改變主意了，我懷疑科學能夠研究出來的結果相當有限。也許狀況會自行停止……甚至自行逆轉……但我覺得天底下最優秀的醫生都沒辦法理解，更別說進行任何正面或負面的干預了。」

「而我不想在剩下的減重計畫裡困在醫院病房或政府設施裡，檢查個不停。」史考特說。

「也不想成為大眾好奇的對象？」蒂兒卓說：「這我很清楚。」

史考特點點頭。「所以你們明白，我必須請你們承諾，剛剛討論的一切，統統留在這個空間，不要說出去。」

「但你最後會怎麼樣？」蜜西急切地問：「當你沒有重量的時候，你會怎麼樣？」

「我不知道。」

「你要怎麼**生活**？你不可能就……就……」她到處張望，彷彿是期待誰能說完她的想法一樣，沒有人接話。「你不可能就飄上**天花板**啊！」

史考特已經想過這個問題了，他只能再次聳肩。

米拉．艾利斯靠向前，雙手緊握，關節都發白了。「你害怕嗎？我猜你一

定覺得很害怕。」

「怪就怪在這裡。」史考特說：「我不怕。一開始是有一點，但現在……不知道耶……好像沒什麼了。」

蒂兒卓淚光閃閃，但她面露微笑。「我想這個我也能夠明白。」

「對。」他說：「我覺得妳懂。」

＊＊＊

他覺得這群人裡最有可能把這件事說出去的人應該是米拉・艾利斯，畢竟她加入這麼多教會團契跟委員會，但她的確守住了這個秘密，大家都守住了。他們形成某種秘密結社，一週在聖豆餐廳聚會一次，蒂兒卓會替他們預留一桌，小小的牌子上寫著「艾利斯醫生聚會」。餐廳總是高朋滿座，蒂兒卓說，如果新年之後人潮沒有減少，他們就要提早開門，還要準備迎接第二波進來消費的客人。蜜西的確請了二廚來廚房幫忙，在史考特的建議下，她用了本地人，也就是米莉・傑可布的大女兒。

「她有點慢。」蜜西說：「但她願意學，等到夏天人潮回來的時候，她就能獨當一面了。等著瞧。」

話一出口，她就低頭望著自己的雙手，明白夏天人潮回來的時候，史考特已經不在了。

十二月十日，蒂兒卓・麥孔在城堡岩小鎮廣場點亮大聖誕樹。這晚的儀式有將近千名居民參加，包括唱誦聖誕歌曲的高中合唱團，打扮成聖誕老人的考夫林鎮長搭乘直升機入場。

蒂兒卓站上講台，大家熱情鼓掌，當她宣布九百多公分高的雲杉是「新英

格蘭地區最棒小鎮的最棒聖誕樹」時，大家歡聲雷動。

燈點亮了，樹梢上的霓虹燈天使轉動、行禮，然後鎮民跟高中生一起歡唱：聖誕樹啊聖誕樹，你的樹枝有多美，史考特好奇望著崔佛．揚特，看到他跟大家一起歌唱、鼓掌。

這天，史考特．凱利的體重是五十一公斤。

第六章——生命中不能承受之輕

史考特覺得他的「無重效果」是有限制的。他的衣服不會從身上飄起，坐在椅子上的時候，椅子也不會騰空，不過當他扛著椅子站上浴室體重機時，椅子量不出重量就是了。背後好像有什麼原理，但他並不清楚，也不在乎。他的看法還是保持樂觀，晚上睡得著。他只在乎這些事。

元旦當天，他打電話給麥可·貝塔拉蒙特，先是應景地道賀一番，然後說他考慮要去加州幾個禮拜，去拜訪還沒死的阿姨。如果成行，麥可能不能幫他顧貓？

「誒，不知道耶。」麥可說：「也許可以吧。牠會用貓砂盆嗎？」

「當然。」

「為什麼找我？」

「因為我相信每間好書店都需要一隻好店貓，你剛好沒有。」

「你打算出門多久？」

「不知道耶，要看看哈莉葉阿姨的狀況。」當然，根本沒有什麼哈莉葉阿姨，而且他必須請老鮑醫生或米拉送貓去給麥可。蒂兒卓跟蜜西身上都是狗味，而史考特已經沒辦法撫摸這位老朋友了，只要他一靠近，威威就跑開。

「牠吃什麼？」

「喜躍乾飼料。」史考特說：「大量飼料存糧會跟貓一起過去。如果我決定要去加州的話。」

「好啊，我答應你。」

「謝了，麥可，你真是個好朋友。」

「我是，但這不是我幫你的原因，你扶麥孔小姐起來，讓她完成賽跑的同時也幫了這個鎮一個不大但寶貴的忙，她跟她老婆之前受到的待遇實在很糟，但現在好多了。」

「好一點點而已。」

「好很多。」

「好吧，謝了。再次祝你新年快樂。」

「你也是，兄弟。你的貓叫什麼名字？」

「威威，全名是威威滴喵。」

「威風凜凜的感覺咧，酷。」

「如果我決定出門，你偶爾可以抱抱牠，摸摸牠，牠喜歡這樣。」

史考特掛斷電話，想到把牠送走代表什麼，特別是這次送的是他珍貴的朋友……他閉上雙眼。

＊＊＊

幾天後，老鮑醫生打電話來，問史考特是否持續穩定兩天掉一公斤。史考特說對，曉得說謊不會怎麼樣，反正他外表看起來都沒有變，皮帶上方還是有個啤酒肚。

「這樣啊……你還是覺得三月初歸零嗎？」

「對。」

史考特現在覺得歸零日提前到一月底前，但他不能確定，甚至不想猜測，因為他已經不量體重了。不久前，他因為數字太大而躲著體重機，現在卻因為徹底相反的原因，說起來還真諷刺呢。

一開始，鮑伯跟米拉不清楚狀況變得多快，蜜西跟蒂兒卓也不知道，他最後還是得告訴他們，因為等到結束的時候，他會需要他們的幫忙，至少一個人的幫忙，他曉得要找誰。

「你現在體重多少？」老鮑醫生問。

「四十八。」史考特說。

「真見鬼！」

史考特猜想，如果醫生曉得實情，出口的就不只真見鬼了。他現在大概只剩三十幾公斤。只要跨四步，他就越過了寬敞的大客廳，只要一跳，他就握得到上方的樑柱，在上頭盪來盪去，好像泰山。他還沒有抵達他在月亮上的體重，但也不遠了。

老鮑醫生沉默了一會兒。「你有沒有考慮過，引發這種問題的東西也許是活的？」

「當然。」史考特說：「也許是什麼奇異細菌，從傷口鑽進我身體裡，或我吸到什麼罕見病毒。」

「你有沒有想過，這玩意兒也許有感知能力？」

現在換史考特沉默，最後，他說：「有。」

「我必須說，面對這件事，你處理得非常好。」

「目前還行囉。」史考特說，但三天後，他才發覺，盡頭到來那天，他會遇上哪些麻煩。你以為你知道，你以為你能預先準備……然後你想要出門拿信。

＊＊＊

緬因州西部在元旦過後就開始融雪，溫度來到攝氏十度。老鮑醫生來電後兩天，氣溫升到十五度，開學的孩子都穿薄外套出門。不過，這天晚上，氣溫驟降，顆粒雨雪飄落。

史考特根本沒有注意到，他晚上在電腦上訂購物品。他在附近就買得到，他買萬聖節糖果的藥局造口部門就找得到輪椅跟胸部綁帶，坡板跟鐵鉗在普狄工具行也有得買，但本地人很愛聊天，也很愛問問題，他不喜歡這樣。

午夜左右雪停了，隔天清晨天氣清朗冷冽。新的雪上方結成一層硬殼，太刺眼了無法直視。他家草坪跟車道彷彿噴上一層透明的塑膠一樣。史考特穿上大外套，打算出門拿信。他已經習慣在階梯上跳躍，一路跳下車道。他體重太輕了，滿是肌肉的雙腿似乎渴望這種能量的爆發。

現在就是如此，當他的腳踏到結冰的硬殼時，雙腳忽然彈開。他整個人跌坐下去，他大笑起來，當他無法停止滑行時，他才閉嘴。他一路躺著滑下草坪坡道，就像遊樂場保齡球遊戲的重物沿著鋸木屑表面前進一樣，快到街上了，他開始加速。他拉住一棵灌木，但樹上結了冰，他的手滑開了。他翻身用肚子滑行，張開四肢，以為這樣可以減速，結果並沒有，他只有往旁邊轉。

他心想：冰雪硬殼很厚，但沒有那麼厚。如果我實際擁有我看起來的體重，我就能打破硬殼停下來，但我辦不到。我要一路滑到街上去囉，如果剛好有車開過來，也許對方沒有時間煞車。那我就不用擔心歸零日了。

他沒有滑那麼遠，他拉住信箱所在的柱子，力道之大，足以讓他停下來。他喘了口氣，想要站起來，卻在滑溜的硬殼表面上劈腿，又跌了下去。他再次靠著柱子站起來，用力推，還是不成。他前進了一百二十或一百五十公分，但他沒力了，他滑回柱子旁邊。然後，他想再次撐起身子，但手指卻在硬殼上打滑，他沒戴手套，他的手開始凍麻了。

他心想：我要求救，立刻出現在腦袋裡的人是蒂兒卓。他伸手進大外套的口袋，卻首度發現他忘了帶手機。手機安坐在他家書房書桌上。他猜他還是可以把自己推到街上，一路滑下去，然後對經過的車輛揮手求救，肯定有人會下車幫他，但這樣人家會問起史考特不想回答的問題。他家車道看起來更絕望，根本是溜冰場啊。

他心想：我就這樣，跟翻不過來的烏龜一樣。手麻了，腳馬上也要失去知覺了。

他抬頭望著光禿禿的樹，樹枝在無雲的藍天微微搖擺。他看著信箱，忽然發現他這嚴重又滑稽的狀況有法可解。他坐起來，雙腿夾著信箱的柱子，用力扯下信箱邊上的金屬旗幟。很鬆，拉兩下就扭斷了。他用扯斷的金屬尖端在冰雪硬殼上挖出兩個洞。膝蓋撐在一個洞裡，腳踩在另一個洞裡。他站起身，用另一隻手扶著信箱柱子保持平衡。他用這種方法一路爬上草坪階梯，彎腰挖破硬殼，走向前，然後再次挖破硬殼。

兩輛車駛過，有人按喇叭。史考特只有揮揮手，沒有轉頭。等到他回到階梯上時，他的手已經失去知覺，一手還有兩處流血。他的背痛得要死。他開始走上家門，結果滑了一跤，所幸他拉住結冰的金屬扶手，才沒有再次滑到信箱那邊。他覺得這次就算有已經挖好的洞，他也沒力氣爬回來了。他累壞了，大外套裡滿是臭汗。他躺在門廳裡。威威過來看他，但保持一定**距離**，然後發出關心的「喵」一聲。

「我沒事。」他說：「別擔心。你還有得吃。」

他心想：對，我沒事。只是不小心搭著雪橇一路溜冰出去。不過，怪的還在後頭。

他覺得也許這樣算欣慰吧，畢竟這怪事不會持續太久了。

但我必須快點裝好鉗子跟坡道，愈快愈好。現在不剩多少時間了。

＊＊＊

月中的週一晚上，「艾利斯醫生聚會」的成員最後一次一起吃飯，史考特整整一個星期都沒見到他們，他藉口說自己需要窩著完成百貨公司的網站專案。其實初稿早在聖誕節前就完成了。他猜之後會有人接手進行最後的點綴。

他要大家帶食物過來，因為他現在煮東西很不方便。事實上，一切行為都不方便。上樓很方便，三步毫不費力的跳躍就能上樓。下樓則吃力得多。他很擔心撞到東西、摔斷腿，所以他拉著扶手，一步一步緩緩下樓，彷彿是髖部有問題，還得痛風的老頭兒。他很容易撞上牆，因為他很難判斷需要多少動力，更不好控制力道。

米拉問起現在鋪在門口階梯上的坡道，老鮑醫生跟蜜西則更關心停靠在客廳一角的輪椅，還有胸部綁帶，這是讓沒有能力正坐的人坐直身子用的，帶子現在披在輪椅椅背上，蒂兒卓沒有提出任何問題，只用那雙睿智、不高興的雙眼望著他。

他們享用美味的素食燉菜（蜜西準備的）、起司醬焗馬鈴薯（米拉），餐後搭配形狀不規則但相當美味且只有底部烤焦一點點的天使蛋糕（老鮑醫生）。葡萄酒順口，但有說有笑更對味。

用餐完畢後，史考特說：「該說實話了，我騙了你們。速度比我說的快很多。」

「史考特，不！」蜜西高聲地說。

老鮑醫生點點頭，一點也不訝異。「多快？」

「不是兩、三天掉一公斤，一天就會掉一公斤多了。」

「你現在多重？」

「不知道。我一直沒量體重，現在來見真章吧。」

史考特想要起身。他的大腿撞到桌子，他向前撲，當他伸手想停下來的時候，打翻了兩個酒杯。蒂兒卓立刻拿起抹布，擦掉灑出來的液體。

「抱歉、抱歉。」史考特說：「最近力道實在很難拿捏。」

他小心翼翼轉身，彷彿是穿著溜冰鞋一樣，他開始朝屋後前進。無論他走得多小心，他的腳步還是會跳躍起來。他僅剩的體重想要把他留在地表上，他的肌肉卻堅持要他跳起來。他失去平衡，所幸握住剛裝好的好幾把鉗子，這才沒有一頭栽向走廊。

「噢，天啊。」蒂兒卓說：「肯定像再次學步一樣。」

史考特心想：你們真該看看我上次想要拿信的模樣，那才叫**真正的**學習經驗。

至少他們都沒再提去診所的事情了，大家沒有提，他可不訝異。只要看他一眼，看這尷尬、誇張、詭異到優雅的模樣一眼，就足以拋下看醫生能夠改善他的念頭，現在這是私事了，他們都明白，他很慶幸。

大伙兒聚在浴室，看著他踩上體重機。「老天。」蜜西低聲地說：「噢，史考特。」

數字顯示十三公斤。

＊＊＊

他努力回到飯廳，大家跟在他後頭，他走路的模樣小心翼翼，很像是踩著石頭跨溪的人，結果還是再次撞到桌子。蜜西出於本能想要伸手拉他，但他在她碰觸到前，就揮手婉拒。

大家就座後，史考特說：「我覺得沒什麼，真的，沒事。」

米拉臉色蒼白。「怎麼可能？」

「不曉得，我真的覺得沒什麼，但這是我們的餞別宴，我不會再見到各位了，除了蒂兒卓，最後的時候，我需要有人幫忙，妳願意嗎？」

「當然願意。」她回答得毫不遲疑，還用一手攬著妻子，因為蜜西要哭了。

「我只想說……」史考特停頓了一下，清清嗓，又說：「我只希望我們能有更多時間相處，你們都是我的好朋友。」

「這是最真誠的讚美。」老鮑醫生如是說，然後用餐巾紙擦擦眼睛。

「這不公平！」蜜西脫口而出：「這真是太不公平了！」

「啊，是不公平。」史考特同意。「但我沒有留下小孩，前妻開心展開新生活，這樣就夠了，這樣比得癌症或阿茲海默症或在醫院病房等死還好，我猜如果你們把話傳出去，我的故事可能會流芳百世。」

「我們不會說出去。」老鮑醫生說。

「不會說。」蒂兒卓同意。「我們不會。史考特，你可以告訴我，你要我幫什麼忙嗎？」

可以，他也說了，什麼都解釋了，除了他塞在門廳衣櫥裡的紙袋沒提，大家靜靜聆聽，沒有人提出反對意見。

他說完後，米拉怯懦地問：「史考特，那是什麼樣的感覺？你感覺如何？」

史考特想起他跑下杭特丘的感覺，當他「重振雄風」，原本隱藏在日常事物之後的世界忽然煥然一新──沉重低低的天空，市區建築飄舞的旗幟，散落在馬路兩旁每一塊珍貴的石子、菸屁股跟啤酒罐。就這麼一次，他的身體抵達巔峰狀態，每個細胞都充滿氧氣。

「飄飄然。」他終於開口。

他望向蒂兒卓．麥孔，看見她閃亮的雙眼盯著他看，他知道她明白史考特為什麼選她。

＊＊＊

米拉哄威威進牠的外出籠。老鮑醫生把貓提進他的越野型多功能休旅車，擺進後座。然後四人站在陽台上，鼻息在冷冽的夜晚形成白煙。史考特持續站在門口，緊握著鉗子。

「我們離開前，我可以說點話嗎？」米拉問。

「當然。」史考特說，但希望她別開口。他希望他們直接離開，他覺得他挖掘出生命最了不起的真相了（而且是他可以將就的真相），那就是：相較於一公斤一公斤跟自己道別，跟朋友道別是更困難的。

「我之前太蠢了。我很遺憾你遇上這種事，史考特，但我很慶幸。要不是這樣，我會繼續無視某些好人好事，我可能還是那個愚蠢的老女人。我不能擁抱你，所以只好這樣。」

她張開雙臂，要蒂兒卓跟蜜西過來，她擁抱她們，她們也回抱她。

老鮑醫生說：「如果你需要我，我會立刻跑過來。」他大笑起來。「哎啊，不成，我跑跳的日子已經過去了，但你懂我的意思。」

「我懂。」史考特說：「謝謝你。」

「再見啦，老傢伙。注意你的腳步，注意你移動的方式。」

史考特看著他們走向老鮑醫生的車，看著他們上車。他揮揮手，一邊揮手，另一隻手還緊緊握著鉗子。然後，他關上家門，半走半跳地回到廚房，覺得自己像卡通人物。說到底，這就是為什麼，這件事必須保密的原因，他知道自己看起來很荒謬，的確荒謬……但只有你從外面看的時候。

他坐在廚房料理檯旁，望著過去七年擺放威威水盆跟飯盆的空盪角落，他望著那裡好一會兒，然後上樓睡覺。

＊＊＊

隔天，他收到蜜西・唐納森的電子郵件。

我告訴蒂蒂，我想跟她一起陪你到最後，我們爭執了好一會兒。最後，我屈服了，她提起我腳的問題，以及我小時候的感覺，我現在可以跑步了，我熱愛跑步，但我不像蒂蒂，我不是賽跑型的選手，因為就算過了這麼多年，我只擅長短距離跑步。我天生就有內翻足，你知道，又有人稱這叫馬蹄內翻，我七歲的時候接受手術矯正，但那之前，我走路都必須拄著拐杖，後來我花了好幾年才學會正確的走路姿勢。

我記得很清楚，四歲的時候，我讓我的朋友費樂希娣看。她笑我，說那是又醜又噁心的爛腳。之後，我只會讓媽媽跟醫生看我的腳。我不希望別人笑我。蒂蒂說，你對你的遭遇也有這種感覺。她說：「他希望妳記得他正常的樣子，不是跟一九五零年代科幻電影的爛特效一樣，在家裡跳來跳去。」

但我明白了，雖然我不喜歡這樣，也不代表你應該落得如此下場。

史考特，路跑那天你的所作所為讓我們足以留在城堡岩，不只是因為餐廳生意改善了，更是因為我們終於能夠成為這個鎮的一分子，蒂蒂覺得有人要邀請她參加美國青年商會。她大笑，說這樣很蠢，但我知道她內心一點也不覺得蠢，這是一個獎盃，就跟她跑步贏回來的獎盃一樣。噢，不是每個人都接納我們，我沒蠢（或天真）到相信，有些人永遠不會改變心意，但多數人都會，很多人已經改觀了。沒有你，這件事永遠不會成真，沒有你，我摯愛的另一半永遠都會對世界緊閉心門，她不會跟你講這種話，但我會，你讓她不再忿恨不平，她的不滿非常嚴重，現在，她終於能夠好好生活，她永遠都帶刺，我不期待這點改變，但至少她現在比較開放了，她能看到更多、聽到更多、成就更多，是你讓這件事成真的。她跌倒的時候，是你扶起了她。

她說你們之間有種連結，一種彼此瞭解的感受，所以她才是必須陪你到最後的人。我羨慕嗎？有一點，但我想我明白，你那天說那是一種飄飄然的感覺，她說她跑步的時候也心有戚戚焉。所以她才跑步。

史考特，請勇敢一點，也請你記住，我會一直想著你。上帝祝福你。

獻上我滿滿的愛，

蜜西

註：我們去書店的時候會摸摸威威的。

史考特考慮要不要打電話感謝她寫這麼感人的信，但決定這不是個好主意。他們也許會難過。他反而把她的信印出來，放在綁帶的其中一個口袋裡。走的時候，他會帶著這封信。

＊＊＊

接下來的週日早晨，史考特以一連串稱不上是腳步的跳躍沿著走廊前往樓下的浴室，每一步都讓他飄上天花板，他得用高舉的交疊雙手把自己推下來，暖氣爐開著，輕輕吹出來的熱風還真把他吹歪了一點。他扭動身子，抓了一把鉗子，把自己從風口推開。

進了浴室，他在體重機上飄浮，最後終於站定。一開始他以為上面會顯示他已經沒有重量了，然後，終於，數字停在九百五十克。他覺得也差不多了。

這天傍晚，他打電話給蒂兒卓，說得很簡單：「我需要妳，妳可以過來嗎？」

「好。」她只有這樣說，他只需要聽到這個答案。

＊＊＊

門是關的，但沒上鎖。蒂兒卓進屋，但沒有大開房門，因為風會吹進來。她打開門廳的燈，驅除黑暗，然後前往客廳。史考特在輪椅上。他已經想辦法套上胸部繫帶，繫帶扣在輪椅椅背上，但他的身體不斷從座椅往上飄，而他的一隻手晃在空中。汗水讓他的臉油亮亮的，襯衫胸口也濕了一大片。

「我等太久了。」他聽起來上氣不接下氣的。「我必須從空中游到輪椅上，如果妳相信的話，還是蛙式。」

蒂兒卓相信。她走向他，站在輪椅前方，讚嘆地望著他。「你這樣多久了？」

「好一會兒了，想等到天黑，天黑了嗎？」

「差不多了。」她蹲了下來。「噢，史考特，這太糟糕了。」

他緩緩左右搖頭，彷彿是在水底搖頭一樣。「妳清楚得很。」

她覺得她明白，希望她明白。

他那隻飄浮的手臂還在掙扎，最後終於伸進背心穿放手臂的地方。「可以請妳把繫帶扣在我的胸口跟腰際，但不要碰到我嗎？」

「應該可以。」她說，但她跪在輪椅前面時，她的關節兩次碰觸到他，一次碰到他的側身，一次碰到他的肩膀，她兩次都感覺到身體飄了起來，然後恢復。她的胃也跟著翻了兩次，她想起她爸只要開車遇到嚴重顛簸時，就會說這

叫「哎呦我的天」。或者，對，蜜西說得對，就像雲霄飛車，一開始先緩緩上坡，遲疑一下，然後往下俯衝。

終於扣好了。「現在呢？」

「我們很快就會體驗夜空，但首先，妳去門口我放靴子的衣櫥，裡頭有個紙袋，還有一捆繩索。我覺得妳可以推輪椅，但如果不行，妳就得把繩子綁在頭墊上，用拉的。」

「你確定嗎？」

他點頭微笑。「妳覺得我想在這張椅子上度過餘生嗎？還是期待哪個人爬梯子上來餵我？」

「這樣可以拍很浮誇的Youtube影片。」

「沒有人會相信啦。」

她找到繩索跟紙袋，拿回客廳。史考特伸出雙手。「好了，大女孩，咱們看看妳有幾把刷子。把紙袋扔過來。」

她乖乖照辦，扔得很準。袋子以弧線騰空飛過，朝他伸出來的雙手前進……在距離他手掌兩、三公分處停住……然後緩緩落在他的掌心。袋子似乎增加了重量，蒂兒卓提醒自己他一開始解釋時怎麼說的？重量會加諸在他身上。這算不算矛盾呢？不管怎麼樣，這個問題讓她頭痛，反正現在也沒時間思考了。他扯開紙袋，拿出一個方型物品，包裝的硬紙盒上有四射的亮光。從下方伸出一條扁扁的紅色舌頭，大概有十五公分長。

「這叫天光，牛津的煙火工廠一盒要一百五十美金。我在網路上買的，希望值得。」

「你要怎麼點燃？你要怎麼……當你……當你……」

「不曉得行不行，但我有信心。它有摩擦點火裝置。」

「史考特，我非得這麼做嗎？」

「對。」他說。

「你想走了。」

「對。」他說：「時間到了。」

「外頭很冷，你滿身大汗。」

「沒關係。」

但對她來說很有關係。她跑上樓，前往他的臥房，把他先前蓋的棉被從床上扯下來，至少是曾經睡過的棉被，但在床墊及枕頭上卻看不出有人躺過的痕跡。

「被子。」她不屑地說。在這種狀況下說這種話感覺很蠢。她把被子拿下樓，跟扔紙袋一樣扔給他，也用同樣著迷的目光望著被子放慢速度……散開……然後披蓋在他的胸口跟大腿上。

「披在肩上。」

「是的，女士。」

她看著他動作，然後把垂在地上的被子塞進他腳下。這次飄得更誇張了，「哎呦我的天」翻了兩下，而不止一下。她的膝蓋從地上飄起，她感覺到頭髮向上飛。然後又好了，當她的膝蓋重重回到木板上時，她比較理解他怎麼還笑得出來了。她想起大學時讀過的文本，也許是福克納吧，說：**地心引力是把我們拖進墳墓的力量**，這位仁兄不會有什麼墳墓，也不再有引力了。他有特殊的豁免權。

「溫暖得跟地毯裡的小蟲一樣。」他說。

「史考特，別嘻嘻哈哈的，拜託。」

她走到輪椅後方，遲疑地將手擺在把手上。根本不用繩索，她的重量還在。她把他推向門邊，出了門廳，推下坡道。

＊＊＊

晚上很冷，他臉上滿是冷汗，但空氣如同秋天第一口蘋果一樣甜美清脆。他上方掛著弦月，看起來有百萬兆顆的星星。

他心想：這樣才能符合咱們每天踏過的百萬兆顆小石子，真是太不可思議了。天上不可思議，地上也不可思議。重量、質量、實相，統統都不可思議。

「別哭。」他說：「這不是什麼該死的葬禮。」

她把他推上積雪的草坪。輪子下陷二十公分，卡住了。距離屋子不遠，但足以遠到不會卡在屋簷底下。他心想：卡住的話也太反高潮了。然後他大笑起來。

「史考特，有什麼好笑的？」

「沒什麼。」他又說：「一切都很好笑。」

「你看那邊，你看街上。」

史考特看著三個穿得厚厚的人影，手裡都握著手電筒，蜜西、米拉、老鮑醫生。

「我不能瞞著他們。」蒂兒卓繞過輪椅，單膝跪在層層包裹的男子面前，他雙眼發亮，頭髮因為汗水一坨一坨的。

「妳有認真叫他們不要來嗎？蒂蒂，說實話。」這是他第一次叫她蒂蒂。

「呃……沒有很認真。」

他點頭微笑。「聊得很愉快。」

她大笑起來，然後揉揉眼睛。「準備好了嗎？」

「好了。可以幫我鬆開扣子嗎？」

她努力解開輪椅後方固定胸帶的扣子，只剩腰帶，他立刻飄了起來。她掙扎了很久，因為扣得很緊，而且她的手已經在一月的寒意裡失去知覺。她一直碰觸到他，每次她的身體都會從雪地上飄起，她很像是裝了彈簧的人體蹦蹦蹺。她持續努力，終於，把最後一條將他固定在輪椅上的帶子解開來。

「史考特，我愛你。」她說：「我們都愛你。」

「我也愛你們。」他說：「替我好好親一下妳那好姑娘。」

「親兩下。」她承諾道。

然後帶子從釦環裡滑開，好了，結束了。

***

他緩緩從輪椅上飄起來，拖在他身後的被子好像長裙的裙襬，誇張耶，他忽然很像《歡樂滿人間》裡的瑪莉．包萍，少了雨傘。然後，一陣微風吹向他，他開始加速上升。他一手緊抓被子，一手緊緊把天光煙火抱在胸前。他看見蒂兒卓往上看的臉愈來愈小。他看著她揮手，但他兩手都拿著東西，沒辦法揮回來。他看到站在城堡景小巷的其他人也揮起手。他看到他們用手電筒照向他，隨著他愈飛愈高，他看到手電筒的光線都打在他身上。

微風想要讓他轉向，他覺得他會忽然轉向一旁，然後莫名其妙往下飄向積了冰雪硬殼的信箱草坪，但當他稍微拉開被子，把被子拉向風吹來的角度時，他忽然穩住了。也許不會持續太久，但這不打緊。一開始，他只想往下看看他的朋友，蒂兒卓站在草坪輪椅邊，其他人在街上。他經過了他的臥室窗口，發現桌燈亮著，朝他的床舖投出黃色的光線。他看到桌上的東西，手錶、梳子、一小疊錢，他這輩子不會再碰這些東西了。他飄得更高，月光夠亮，照出卡在屋頂一角的飛盤，也許在他跟諾拉買下這間房子前，這個飛盤就在這兒了呢。

他心想：丟飛盤的小孩現在應該也大了。在紐約寫作，在舊金山挖水溝，在巴黎作畫，不可思議啊不可思議。

現在，屋裡冒出來的熱流吹到了他，熱風，上升開始加速。整個鎮露了出來，彷彿是從無人機或低飛的飛機上看出去，主街跟城堡景小巷沿路的街燈彷彿是一道串起的珍珠。他看到蒂兒卓一個月前點亮的聖誕樹，樹會一直留在小鎮廣場，直到二月一日。

上頭好冷，比地上冷多了，但這不打緊。他鬆開被子，看著被毯往下掉，一邊掉落一邊攤開，速度緩慢，成了一張降落傘，不是完全沒有重量，但差不多了。

他心想：每個人都該有這種經歷，也許，到頭來，大家都會有這種體驗，也許在他們快死的時候，每個人都會飄浮。

他拿出天光，用手指摩擦點火裝置，什麼動靜也沒有。去你的，快點燃。我人生的最後一餐沒吃什麼，難道我連遺願都難以達成嗎？

他再次摩擦。

＊＊＊

「我看不見他了。」蜜西如是說，她哭哭啼啼的。「他不見了，我們也許——」

「等等。」蒂兒卓說。她跟大家一起聚在史考特車道下方。

「等什麼？」老鮑醫生問。

「等就知道了。」

他們持續等待，持續仰頭望著黑暗。

「我不覺得——」米拉開口。

「再一下下。」蒂兒卓如是說，心想：快啊，史考特，快啊，你已經快抵達終點了，這是必須要贏的賽跑，你必須突破終點線，別搞砸了，別噎著，快啊，大男孩，讓咱們看看你有幾把刷子。

他們上方爆炸出絢爛的火光：紅色、黃色、綠色。然後停頓了一下，接著是完美猛烈的金色，燦爛的瀑布不斷流洩、流洩、流洩而下，彷彿永遠不會停止。

蒂兒卓握起蜜西的手。

老鮑醫生牽起米拉的手。

他們一路看著，直到最後一絲金色的火光消失，夜晚再次恢復黑暗。

在他們上方某處，史考特·凱利持續飄浮，仰望著滿天星斗，遠離地球世俗的枷鎖。

國家圖書館出版品預行編目資料

飄浮／史蒂芬・金 Stephen King 著；楊沐希譯
—— 初版．台北市：皇冠，2020.01[民 109]
面；公分．——（皇冠叢書；第 4815 種 史蒂芬金選；42）
譯自 :Elevation

ISBN 978-957-33-3499-6（平裝）

874.57　　108020503

皇冠叢書第 4815 種
史蒂芬金選 42

飄浮
Elevation

作　　者—史蒂芬・金
譯　　者—楊沐希
發 行 人—平　雲
出版發行—皇冠文化出版有限公司
台北市敦化北路120巷50號
電話◎02—27168888
郵撥帳號◎15261516號
皇冠出版社(香港)有限公司
香港上環文咸東街50號寶恒商業中心
23樓2301—3室
電話◎2529—1778　傳真◎2527—0904
總 編 輯—龔橞甄
責任主編—許婷婷
責任編輯—平　靜
美術設計—王瓊瑤
著作完成日期—2018 年
初版一刷日期—2020 年 1 月

法律顧問—王惠光律師

讀者服務傳真專線◎ 02—27150507
電腦編號◎ 508042
ISBN ◎ 978-957-33-3499-6
Printed in Taiwan
本書定價◎新台幣 280 元／港幣 93 元